未來眼鏡

換個視角看見新世界

荻上Chiki
吉竹伸介

崔立潔——譯

前言

赤坂的Cozy Corner裡，有個小小的喝茶空間，我有時會在那邊和主編碰頭討論事情，因為我在位於赤坂的TBS廣播主持帶狀節目，只要想說要在廣播公司旁討論事情，很多時候對方都會指定這家店。

每次討論事情都指定同一家店難免無趣，所以地點的設定，我大致都拜託對方。我很高興可以認識各式各樣的店，而從相約地點的選擇方式，我覺得也能表現出未來工作合作對象的個性。是摩登的純喫茶？還是現在流行的露天咖啡店？經典的咖啡店？或充滿個性的茶店？

赤坂許多喫茶店當中，會指定Cozy Corner的人，都給人有「對工作很熱情的人」這樣的印象。比起特殊的味道，實用才是王道，與其享受片刻歡樂，更首重有效率的討論。至今跟我約在這家店討論事情的人，不知道為什麼，與我維持長遠關係的傾向很是明顯，不過這終究是個人感想啦。

我喜歡咖啡的味道，但喝了之後常會有焦躁感和不安感襲來，所以我大致都是點柳橙汁或可樂。我雖然去過各種咖啡店，但沒辦法評比咖啡。

某位從事文學研究的朋友越來越愛吃鬆餅，比起研究專書，他竟先出了鬆餅書，以鬆餅愛好家的身分，上了松子DELUXE的電視節目。這什麼嘛，雖然因為太厲害了而感到驚訝，要是我每次也點蛋糕或咖啡，說不定也可以寫一本像是《寫書的空檔來杯咖啡》這樣很瀟灑的書吧。

但是很不巧，我的舌頭對味道不靈敏，沒有那樣的本錢，我能夠說的，差不多就是「相較於被融化冰塊稀釋的柳橙汁，融化冰塊稀釋的可樂比較不好喝？」這種程度。

這本《未來眼鏡》的討論，我記得也是點了柳橙汁。

如同那杯果汁的味道，這是一本同時能品嚐到酸甜滋味的隨筆集。我覺得內容跟我連載的雜誌《生活手帖》的標題很合。而且雜誌名是「生活手帖」不是「生活的手帖」，是我差不多連載第十四次時第一次知道。

「開始連載之際，我想放上插圖」，我向編輯高野先生如此表示並詢問是否有合適人選，他提到了吉竹伸介這個名字。一張又一張持續畫出充滿童心的插畫，他的作品我幾乎都有。我猜想他應該很忙，所以寫了「雖然我想您可能不會接受……」這樣很怯懦的提案，因而當他接受時，我真的很驚喜。

向觀點很特殊的吉竹伸介先生，送上撞擊自己觀點的稿子，這也成了期待之一。只要替換眼鏡，看待生活的方式就會大幅改變。持續注視生活的兩人製作出有點不一樣的本書，希望能受到您的認可。

荻上Chiki

目次

前言　荻上Chiki　2
女孩的生活方式　9
無論是誰都能一起歡笑的社會　21
人生的病，復健中　33
我去了約旦　43

打工雜感 53
母親的想法與我 63
與現在的工作相遇之前 75
我的聲音和廣播 87
面對「咒罵話語」 97
對健康電玩覺醒 107

人生必須要去的地方 119
到處漫步，聽人說話 129
計程車與人生 139
隨處皆教材 151
去除生存的痛苦 161
後記　吉竹伸介 173

女孩的生活方式

我正陪著五歲的女兒看電視。雖然手邊也是有其他事情想要趕快解決，但因為女兒要求「在我旁邊看嘛」、「我看不懂的地方解釋給我聽嘛」，只好恭敬不如從命。一回神發現自己口中竟也小聲哼唱著幾首動畫主題曲。

女兒喜歡的動畫作品中，會有公主和偶像明星登場。無論何者都是以女孩們會憧憬的人物所描繪出的角色。不過無論哪個角色，和我兒時的動畫相較，我發現都為了迎合新世代而轉變了樣貌，這一點非常有趣。

其中特別吸引我注意的，是一部由迪士尼製作的電視動畫，叫做《小公主蘇菲雅》。這部動畫的內容在描述原本生活在鄉村、「非常平凡的女孩」蘇菲雅，因為母親與國王再婚而成為公主，開始展開在城堡生活的故事。

這部動畫讓我看了忍不住「哎呦」地讚嘆了一下。以往的迪士尼作品中，只要講到「後母」，就會將角色直接建立在「壞心腸」的概念上。

但蘇菲雅的母親，儘管在立場上是「後母」，卻對再婚對象的子女溫柔以待。而且說起來，國王的再婚對象竟然是平民百姓當中的單親媽媽，這也是嶄新的描繪方式，非常有趣。

蘇菲雅在學校會和各色人種的公主們一同學習，或在國家的活動慶典中和朋友們一起闖禍，不過，她卻沒有和王子談戀愛。或許這是為了符合八歲這個角色設定，但我認為並不僅止於此。可以看到近來的迪士尼作品，似乎打算將過去作品當中的「承諾」，一個個重新包裝。這似乎是因為迪士尼已經敏銳感受到，觀眾當中存在多樣的人們這樣的社會變化。

＊

目前為止的「迪士尼公主」，也是會與時俱進的。從一九三〇到一九五〇年代製作的《白雪公主》、《灰姑娘》、《睡美人》這些作品，都是採用「與完美的王子邂逅，跨越困難挑戰，兩人最後過著幸福快樂的日子」這樣經典的故事情節，無論哪位公主，都是被動且宜家宜室的美女。相對於公主，王子則是擁有金錢的當權者，而且英俊。男女角色被強調且分割清楚。

白雪公主就是其中典型。被壞皇后追殺而從城堡逃出的公主，在森林中遇上了七矮人。白雪公主靠著天生的美貌和做家事的能力，牢牢抓住了七個矮人的心。之後，因為被王子救了性命，兩人於是結為連理。

白雪公主並沒有特別去接近王子，不過就只是邊睡邊等待王子的一個吻。這就跟「當乖孩子聖誕老人就會來」一樣，是一種喜從天降的理論。

讓我覺得特別厲害的，是作者並沒有給這位王子取名。他根本就是無名氏，只有功能性任務的王子。他的登場只是為了終結白雪公主閃閃發光的桃花軼事，負責炒熱氣氛的角色。順帶一提，《灰姑娘》中出現的王子，隨便被安上「迷人（Charming）王子」這個名字，這真的是很驚人、非常閃亮的名字。看來古時候就算是王子，也沒什麼人權吧。

*

女孩是被動的，男孩則是積極的。這樣迂腐陳舊的概念，也隨著時代演變有了改變。在《小美人魚》、《美女與野獸》、《阿拉丁》這些作品中登場的新公主們，並非像白雪公主般被動的存在。她們擁有自我，積極出門探險。《小美人魚》的主角——人魚公主愛麗兒，因為憧憬大海之上的世界而離家。談戀愛的對象也未必一定要是帥氣的王子，跟《美女與野獸》當中的貝兒談戀愛的，是醜陋的野獸（解除詛咒後的真實面貌其實是帥氣王子就是了）。

我第一次去電影院看到的迪士尼公主，是《阿拉丁》的茉莉公主。她對於自己必須遵從國家法律，要跟自己無法作主的對象結婚這件事，深惡痛絕，是位崇尚自由的少女。與這樣的茉莉公主談戀愛的是城鎮當中的盜賊阿拉丁。這是公主們從高不可攀般的存在，開始轉向更加貼近現實的時期。

白雪公主或灰姑娘是以給女孩們「教訓」來闡述故事。有會為了「要是（像個好女孩）這樣做的話，總有一天王子會現身，永遠過著幸福快樂的日子」這一點雀躍的少女，也會有戳破謊言認為「哪有這種事！」的少女吧。

即使是在《阿拉丁》當中，國王也是以「這是老規矩，我希望妳能乖乖結婚」這樣的說法，想說服茉莉公主。然而，茉莉公主卻憤而表示「我討厭被強迫結婚」。她說每個人只要用自己的方式得到幸福就好，她想要用自己的雙眼去探索更寬廣的世界。

對於這樣的茉莉公主，國王終於克制自己不再勉強將價值觀強加在她身上，而男主角阿拉丁則藉由魔毯給了她自由。接觸這樣的作品長大的我，感覺學到了「把價值觀強行加諸在他人身上是很愚蠢的」，並活到了現在。

在之後的時代，公主的外貌也逐漸開始產生變化，例如開始描繪白人以外的公主。《阿拉丁》的茉莉公主是阿拉伯人，《風中奇緣》的寶嘉康蒂公主是美國原住民，《花木蘭》當中的花木蘭是亞洲人，《公主與青蛙》當中的蒂安娜公主則是黑人。

描寫的主題也開始有變化，明確否定「與王子的邂逅」。在非常受到歡迎的《冰雪奇緣》中，英俊的王子被描寫成是要掠奪國家的反派角色。主要的主題圍繞在安娜和艾莎這對姊妹的和解，並非男女之間的戀情，而是以姊妹之愛為主題。

「我會展現真實的樣貌。」

現在任誰都會哼上兩句的〈Let It Go〉＊，是艾莎公主要將過往被雙親壓抑的「自我」，獨自由自己用肯定的、強力且悲愴的畫面放聲歌唱。在唱這首歌時，艾莎公主也褪下了「公主該有的樣子」。很多人應該記得當艾莎將中規中矩的打扮，改變成讓人聯想到魔女般華麗的裝扮及彩妝時的那種解放感。這是即使被年長的一輩認為是「唉呀，女兒學壞了啊啊啊啊啊」

＊ 作詞、作曲：Kristen Anderson-Lopez・Robert Lopez。日文歌詞翻譯：高橋知伽江。

也無所謂的描寫，正因為是這樣才是好的，因為那象徵從父母輩的價值觀當中解放出來。

＊

也有比《冰雪奇緣》更早否定掉戀愛這個主題的作品，那就是《勇敢傳說》。主角梅莉達是位善於操控父親送她的弓箭、憧憬冒險生活的活潑少女。這樣的梅莉達有天面臨了自己的婚事，有三位領主的兒子為了得到和梅莉達結婚的權利而展開競爭。

當然梅莉達完全對婚事沒興趣，寧可反抗強迫她面對婚事，不斷叨唸著「要像個公主一樣」的母親。是的，《勇敢傳說》是一部母親和女兒和解的故事，而且最後媽媽也接受了女兒的自由奔放。

在作品中，完全否定了「談了戀愛永遠幸福美滿」這樣陳舊的價值觀，而去肯定了每個人都能自由追尋自我這樣的價值觀。最近的迪士尼作品中，像這樣的概念不斷出現，也正因為如此，才能廣受這個時代從小孩到大人的喜愛吧。如果還是持續製作像是《白雪公主》一樣的故事，至少我覺得我是不會被迪士尼作品吸引的。

＊

在《小公主蘇菲雅》當中，每當主角蘇菲雅陷入危機時，白雪公主、灰姑娘、愛麗兒、貝兒、樂佩、茉莉、梅莉達這些歷代迪士尼公主就會出現，對蘇菲伸出援手。這種描寫的方式是非常好的。

公主們並非使用特殊能力「去拯救」蘇菲雅，她們只是說出「我認為是這樣」、「如果是我會這麼做」。簡單來說，就是一種女孩對話。蘇菲雅在與歷代的公主們討論後，靠自己的力量尋找答案。

實際上，我認為這個設定是有趣的。依據各自的人生經驗，公主們彼此交換意見，白雪公主的生活方式是迂腐的，梅莉達的生活方式是任性的，不去評價彼此的人生也沒關係。公主前輩們也不會將自己的意見強加在蘇菲雅身上。這可以看作是在尊重對方、保持距離感的同時，卻又彼此陪伴。

就像是刊載在日本少年漫畫雜誌當中的奇幻漫畫，會借用歷史上英雄的力量變身，或是召喚出各式各樣的神靈打倒敵人對吧。我想這些當然是很具現代感，實際上現今的假面騎士是會按照場景不同，分別使用不一樣的變身方式。依據場景不同，推薦分別使用不同的角色和處理方式，這是非常適合現代孩子的做法。要是是以前的英雄人物，就只能用「騎士踢」或「宇宙元素光線」之類的必殺技，一招致勝。不過，這已經是「跟不上時代」的了。

歷代的公主就只和蘇菲雅談心、歌唱，並不會發生像是白雪公主命令小矮人去工作，或是樂佩伸長頭髮綁住敵人，抑或是梅莉達用弓箭刺穿壞女巫的眉心這樣的情節。雖然這種描寫方式也會讓我覺得有點想看，但要是如此安排，就會讓《小公主蘇菲雅》成為截然不同的另一部作品了。蘇菲雅們，正用各自的方式戰勝危機。

*

我在電影院看到《阿拉丁》的茉莉公主，覺得她具有至今所有公主未曾擁有的自由感。比起這一點更重要的是，她是位在顧及自己自由的同時，也能尊重他人生活方式及個性的公主。看著這樣的作品，我忍不住會想這世上的孩子們會怎麼長大呢？我從我五歲女兒的身上還無法想像，但要是能比起我的孩提時代更容易生存的話就好。被「要像個女孩」這種強烈的訊息折磨的機會，至少我希望是能減少的。

當然，出了「社會」，會有許多完全不合情理的態度等著面對。就好比「上司對我嚴重性騷擾，要怎麼辦才好？」或「我公婆對我造成強烈精神壓力，我要怎麼回嘴才好？」這類嚴重的危機，公主們也不會給予任何建議。

但至少迪士尼的作品首先已經放棄傳達「要是行為舉止像個好女孩就會得到幸福」這樣的訊息，並開始傳遞「不要取笑他人的生活方式」這樣的內容。

未來在面對「社會上」的種種不合情理，要怎麼讓「蘇菲雅」世代的孩子們不因此失去個性呢？首先要從父母親的世代開始改變，或去思考是否有必要固執己見。我們不妨就先從自身開始，注意不要去創造一個壓抑她們的「社會」吧！

女孩的生活方式

世界公主協會
基於以上原因，
我們有義務提案
多元化幸福的樣貌！

1.

……
哇
哇
加油！
女孩！

2.

輝夜姬
我還是
不要回去月球了！
對啊！

3.

白鶴報恩
我已經報恩了！
從今天開始
我要成立自己的
布料品牌！
4.
雪女
是啊！
我的真面目也被看穿了！
我要以「冰雪奇緣艾莎女王鼻祖」
的身分出道當藝人！
5.
世界王子協會
要怎麼辦才好呢。
……不過啊，
正因為有「多元的價值觀」，
所以過去不受歡迎的
「白褲襪」說不定
會成為「風潮」呢……
7.

無論是誰都能一起歡笑的社會

二〇一六年五月八日，我出席了在東京代代木公園舉行的「東京彩虹遊行（Tokyo Rainbow Pride）」。這個活動是期待大眾能消除對性少數族群的歧視與偏見，目標要實現一個任何人都能活得像自己的社會。我非常喜歡這個活動，幾乎能說是每年都一定參加，參加時會邊採訪，邊在沿途揮舞彩虹旗。

所謂的六色彩虹，是代表性少數族群的標誌，而揮舞六色彩虹旗，則是以行動歡迎這些族群為這個世界增添色彩，是令人欣喜的存在。在這世界上並不是只有「喜歡男人的女人」、「喜歡女人的男人」，而是存在著更為多元化的性的型態。

例如最近關於性少數族群，用「LGBT」這個縮寫來呈現的情況增加了。這個縮寫分別是，L代表女同性戀者，G代表男同性戀者，B是雙性戀者，T則是跨性別人士，是其各自的英文第一個字母。或許是喜歡同性，或許是心理性別和生理性別（或與社會角度認定的性別）

不一致等，性的呈現方式因人而異。將那些人們的情況，藉由「LGBT」這個單字出現，我認為讓過去一點也不關心這些事情的人們，也開始慢慢加深對於這些事情的認知。

只是，即使簡寫為「LGBT」的情況增加了，性少數族群的人們卻不僅限於「LGBT」。有以對他人完全無法產生戀愛情感的無性戀（無性愛）、對戀愛對象無法以男女二元論思考的泛性戀（全性愛），以及與多人在知情同意的情況下交往的多邊戀（多元愛）等各式各樣的性生活著的人們。

活動主要內容是大遊行。從代代木公園出發，徒步前行澀谷、原宿，再回到代代木公園。由播放活潑音樂的大卡車打前鋒，參與遊行的人們或各自吶喊出自己的意見，或舉著標語，一邊在街頭前行。

隊伍中有人身穿在電視上會看到「男扮女裝」式華麗的穿著，也有身著一般服飾自然行走的人。有和伴侶一起參加的人，也有跟著家人一起參加的人。大多數的參與者都是帶著燦爛的笑容，沿途揮手。

那一年遊行隊伍首次通過澀谷人車分離十字路口。這裡是世界級的觀光景點，也是各式各樣的人往來行經的人車分離的十字路口，遊行隊伍通過了。這是一個非常具有象徵意義的事件，是讓人感受到時代正一步步發生變化的場景。根據主辦單位表示，參加遊行的人與參展的企業都有增加的趨勢。

*

我之所以每年都會出席的原因，主要有兩個。其一是「作品的力量」，另一個則是「網路的力量」。

我大學時代念的是文學和電影，當時曾在一個叫做「文學研究會」、有點陰沉的社團當社長，過著每天接觸各種作品，並和朋友們互相討論的日子。對於當時身為所謂文青的我來說，學長姐教我看有趣的作品，聽到與自己截然不同的解讀，每天真的都過得非常刺激。

在那段時光當中，我接觸了一些以性少數族群為主題的優秀作品，像是《三心兩性》、《搖滾芭比》、《我的母親》，以及《愛你鍾情》等。就這樣，當電影打開我的世界的同時，也同樣增加了我對性少數族群的理解。

電影作品當中有著打動人心的力量，不只讓人歡笑讓人感動。這世上有些作品擁有著一股力量，會讓觀眾在觀賞電影的前後，決定性地改變對社會的認知。要是我沒接觸這些作品，或許我還會留有固執的偏見。很明顯的，我是因為接觸了眾多電影，才會成為感性的人，強烈希望創造出一個包含性少數族群在內，所有人都能一起歡笑的社會。

還有另一點，我念大學的時候，剛好是被稱為「部落格元年」的時期，當時不管是誰在網路上都能很輕易地發送資訊，只要看到好玩的網站，就加入「我的最愛」，在那些部落格之間遊走。在這當中，我訂閱了以各種性的型態生存的當事人的部落格。而當我看到那些部落格格主們上傳關於遊行的話題時，便產生了自己也要去看看遊行的想法。

遊行在網路上登場之前，是以新宿二丁目在內的幾個限定地點，提供當事人們彼此交流的機會。出現在網路上之後，活動也產生戲劇性的變化。我是在無意間接觸了相關連結，了解到各式各樣當事人的日常，得知遊行一事。

*

我一看到遊行，眼淚就奪眶而出。根據我自己的分析，我總覺得自己好像是「多樣性狂熱」。光是看到彼此相異的夥伴，以各自的方式自由行進的姿態，就讓我的淚水氾濫。舉例來說，在我很喜歡的像是《妖怪大戰爭》、《妖怪手錶》、《潮與虎》這類以妖怪為主題的作品當中，頻繁出現「妖怪們為了人類鼎力相助」式的情節。「大家！都是為了我來的嗎！」像這樣某個經典的展開，也讓妖怪們登場的作品變得更熱鬧。而要是出現姿態、形體、能力各異的妖怪們，各自運用自己的力量，幫忙以前曾反目的人類們這種場景，我的眼淚就會大爆發。

講到日本的妖怪文化，我認為是在描述奇形怪狀的族群彼此共生的智慧。我覺得唯有與多樣文化和解共生，才是真正應該從先人那裡繼承的智慧。總之，我就是對於排除小困難，「各式各樣都有這樣才好」的精神喜歡得不得了。

＊

為什麼我會成為那樣的人呢？這或許與我自己有很長一段時間遭受霸凌有關吧。小學時，我的外號是「貧窮神」，到了國中，我的綽號則是「馬桶」，我曾被許多言語刺傷過。直到現在，我都還常常會反覆自言自語說著「好想死」、「反正像我這樣」。

雖然無法全然歸咎於是被霸凌的後遺症，不過對於輕易否定掉他人生活方式的言語，我還是會瞬間起反應。我還蠻害怕「那個人是怎樣怎樣呢……」這種判定他人的傳言，因為在那樣的話語中，我被徹底傷害過。因為種種事情，即使活到三十多歲，我都還是玻璃心。

遊行肯定了多元化的生活方式，是一種全然包容，彼此赦免般的氛圍。身為一個人類，我完全著迷於那種氣氛，於是想要參加遊行。

有個單字是ally，這個英文單字的意思是「同盟」，指的是即使不是這個問題的當事人，但依然支援、維護當事人的人們。若是以性問題來說的話，可以用ally來描述理解性少數族群的人。

我是以ally的身分參加遊行的嗎？是怎樣呢？這跟我以聲援為目的去參加的感覺有點不同。要是包圍遊行的氛圍能擴散到世界各處的話，世界就會變得像遊行一樣，我想我是帶著這樣的期待去參加遊行的。

所謂的「多樣性狂熱」是從「排拒厭惡」誕生的，是如同願望或祈禱之類的東西。作為對於這個世界上各式各樣的排拒而感到厭惡的當事人，我為了確認藉由遊行產生改變的世界而參與遊行。我希望對於未來至少能有所期待。

＊

講到未來，有某項調查。根據國立社會保障人口問題研究所在二〇一五年進行的調查，據說目前有五十一％的人贊成同性婚姻。這份調查有趣之處，在於在七十歲以上的人只有二十四．二％的人贊成同婚，但年齡層越往下，贊成比例越高，到了二十多歲的年齡層，贊成比例達七十一．六％，非常高。由此可以清楚看到的世代差異，也是非常驚人。

說到這個，《朝日新聞》在二〇一五年進行了關於選擇性夫妻別姓的調查，也出現類似的傾向。若以年齡層來看是否贊成選擇性夫妻別姓，會發現七十歲以上贊成的比例為三十四％，六十歲以上則為四十七％，到了二十至五十歲，贊成比例達到六成左右。歸納來說，這或許就是年輕世代已經開始「習慣多元化」吧。

歧視的問題有時也關係到問題的本質上，若你的家人是當事人的話，你會如何做？若你有小孩，孩子出櫃告訴你「我是同性戀者」時，你會有什麼反應？當事情發生在別人身上能夠認同，但成了自己的問題時，或許會有很多人感到混亂吧。

結婚也是在現實中會被問到這類問題的場合之一。要是能夠接受，自己就會是其中一個當事人；一旦不接受，瞬間也就成為歧視別人的那一方。

提到這個，我身邊的人當中，遭遇到結婚歧視的就有三個人。其中一個人在婚前被要求同意讓徵信機構調查自己的身家，另一個則是訂婚時被要求提出自己的族譜，還有一個被反對結婚的理由是自己的出身地區。無論何者都是最近發生的事。

透過採訪，我聽聞了各式各樣結婚歧視的案例。原子彈受害者的結婚歧視、痲瘋病患者家人的結婚歧視、汞中毒患者的結婚歧視、被歧視村落的結婚歧視。這些事一般被提到時，都會被當作是「過去的殘酷歷史」。但光是我身邊的體驗，就沉痛地感受到結婚歧視並非已經是過去的事。

在不久的未來，如果沒有人再進行這樣的結婚歧視該有多好，我如此深切期盼。此外，同性戀者也正被排除在婚姻制度之外。

我期盼贊成同性婚姻的年輕人們，隨著年歲漸長，就算自己的孩子出櫃時，也能自然接受。

*

遊行過後約三周，五月二十七日，我去了廣島的和平紀念公園，因為要去採訪美國總統歐巴馬（時任）訪問廣島。現任美國總統訪問原子彈受災地廣島，並獻上花束，我認為這是不可不採訪的歷史性一日。

在美國認為投擲原子彈具正當性的比例，似乎也是越年輕越為降低。或者這是因為年輕一代並非當事人世代，以及他們所接觸到的教科書，是用非兩面併記的方式處理原子彈投擲問題等，而讓他們受到影響，再加上人權相關意識也有了改變，開始將大量屠殺正視為問題，重新追究對亞洲人歧視的意識已經自然生根了吧。

歐巴馬總統任職期間，美國最高法院判定同性婚姻是憲法賦予的權利。當天，白宮點亮了六色彩虹的燈光，歐巴馬總統表示最高法院的判定「對美國而言是場勝利」。

我認為歐巴馬總統在美國歷史上，是最為自由主義的總統。他任內並非都只有好的決策，但卻在各式各樣領域分別踏出重要的一步。接任的總統會是怎樣的人呢？我唯獨不歡迎「喜好排拒」的人。

我相信未來會比現在更好，因此我期盼我身處的這個日本，也能成為更宜人居的世界，希望能有所改變。如同那場遊行的氛圍般，每個人都能帶著笑容，昂首闊步向前。

無論是誰都能一起歡笑的社會

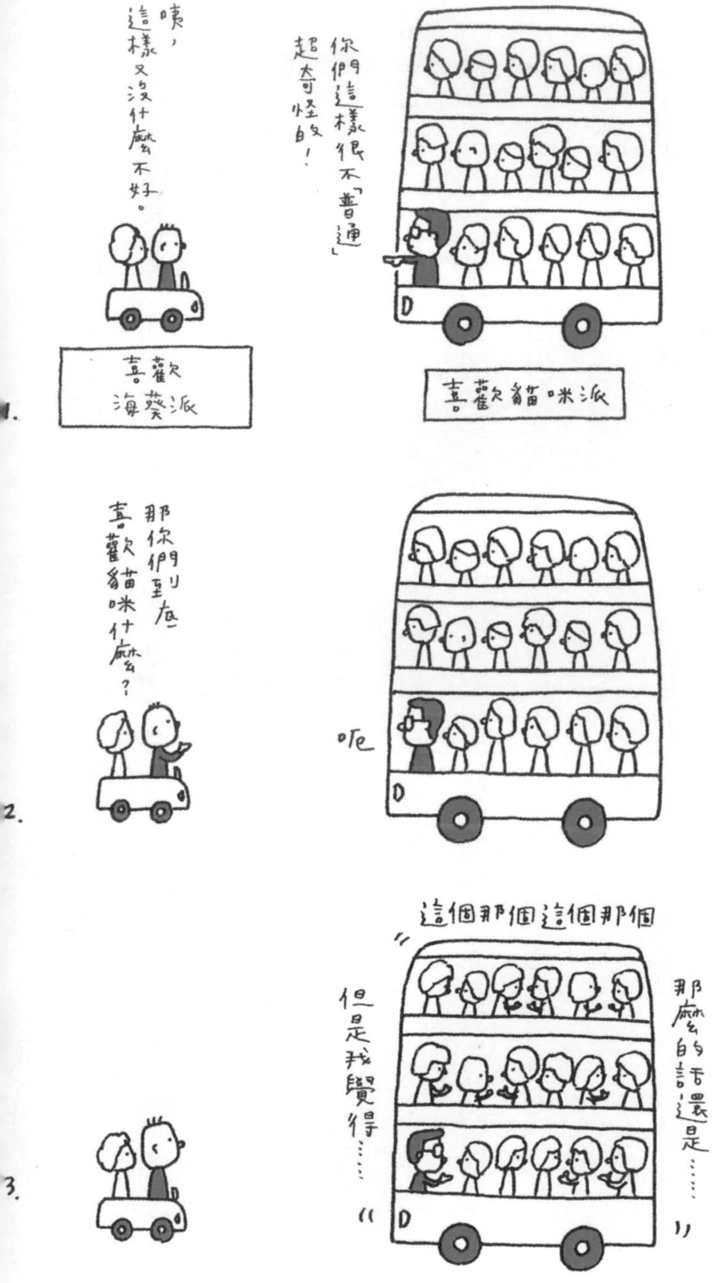

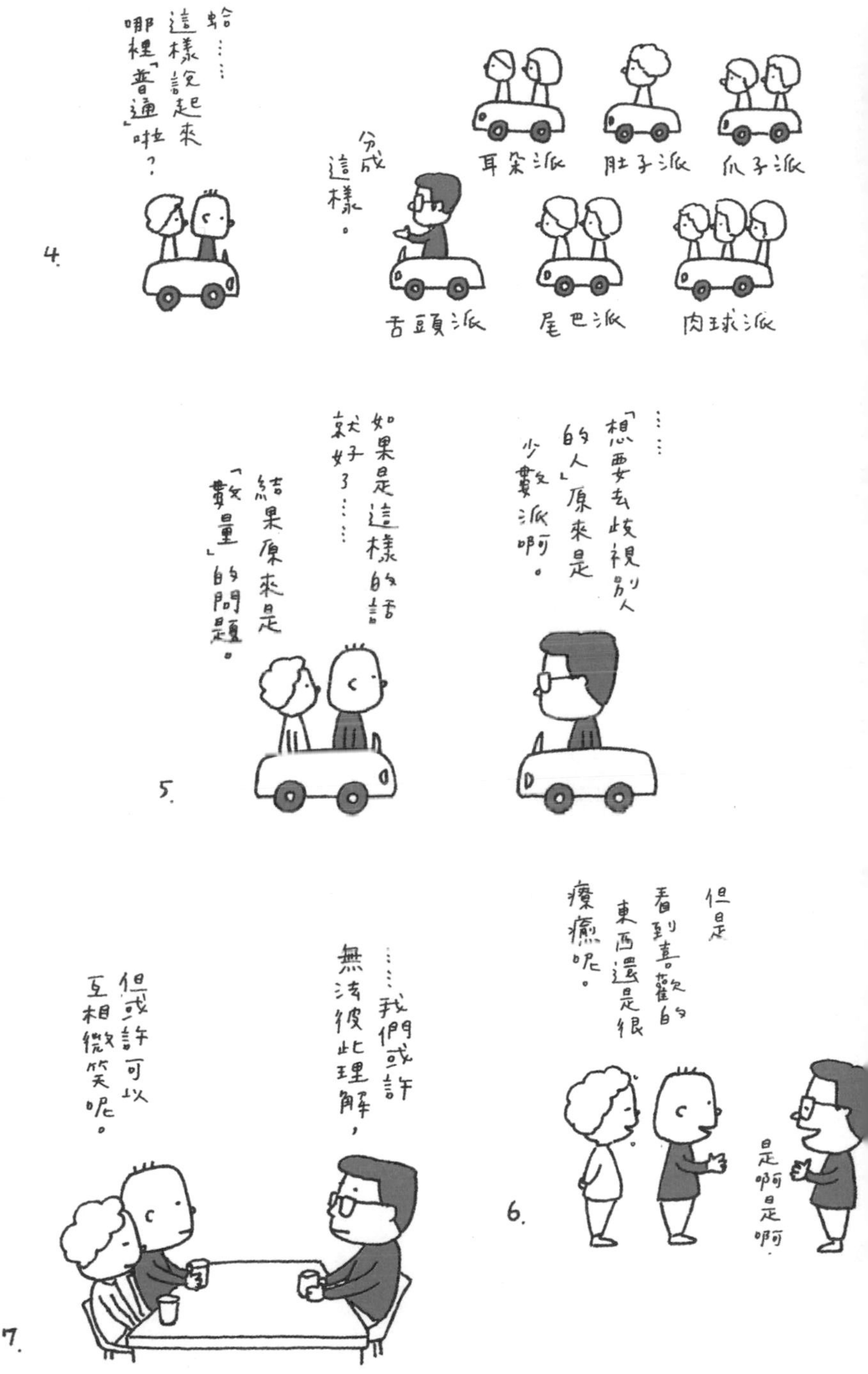
4.
蛤……這樣說起來哪裡「普通」啦？
分成這樣。
耳朵派
肚子派
爪子派
舌頭派
尾巴派
肉球派
5.
……「想要去歧視別人的人」原來是少數派啊。
如果是這樣的話就好了……
結果原來是「數量」的問題。
6.
但是看到喜歡的東西還是很療癒呢。
是啊是啊。
7.
……我們或許無法彼此理解，
但或許可以互相微笑呢。

人生的病，復健中

從幾年前開始，我就持續接受憂鬱症的治療。憂鬱症——這是很棘手的，是很多人都很容易罹患的疾病，幾乎可說是「心靈的感冒」。但另一方面，在治療上又不如感冒般簡單，這是因為大腦受到具體性的傷害。

我的狀況是我的心彷彿籠罩在「雲霧」間，心情始終無法撥雲見日。什麼都不想做，就算肚子再怎麼餓，我也無法產生分毫力氣，讓我可以去買東西或外出覓食。早上尤其痛苦，要我起床或是動動身體都很困難。一察覺到不安，手腳就會變得冰冷，身體微微顫抖，感覺心悸。雨天心情更為鬱悶，但另一方面，到了夜晚，症狀就會緩和，總覺得似乎會受到天候的影響。

即使睡著了，體力上也無法充電，會將僅存的最後一點電力，與當天的行程一點一點做調配。會因為一些很瑣碎的小事，讓大腦血液沸騰，隨著不安的情緒開始過度換氣。某部分的感應變得過度敏感，其他部分感應又變得鈍感。這樣的結果就是突然間陷入恐慌中，要不就是反過來找不到任何樂趣。

在我罹患憂鬱症之前，就一直對這個疾病有所接觸。總之，我從學生時代開始的口頭禪就是「好想死」。我的個性當中存在自我肯定感低落和容易累積壓力的特質。要是去看「容易罹患憂鬱症者的特徵」這種核對表，大致上我都符合，應該是說要是看到像是「認真」、「潔癖」、「在意他人評價」這類具體的項目，我甚至會覺得自己是不罹患憂鬱症可能性很低的那一方。

當我開始自覺到自己罹患憂鬱症時，已經無法吃得下任何食物，轉瞬之間在兩周左右瘦了七公斤（從六十二公斤降到五十五公斤！），夜不成眠，非得靠安眠藥才能入睡。想到這樣不是很糟糕嗎？於是去了醫院，從那時開始好幾年，我一直持續服用抑制症狀的藥物。

＊

一直到不久前，我對周遭所有人都隱瞞了自己得了憂鬱症一事，因為擔心會不會因此工作不上門，或連載或帶狀節目會不會因此被換掉。我原本是打算「那就先等症狀轉好之後，再告訴大家其實我有這個問題吧」。會有這種想法，一部分是因為我太輕視這個疾病，實際上我也自信不會出現讓工作品質下降的影響。很慶幸的，這是因為在我進行的工作中，大多數都不至於讓我感受到壓力就能完成。

然而，就算是這樣說也還是已經無法繼續了。因為我的憂鬱症程度往上提高了好幾階，自殘行為頻率增加，自我了斷的念頭也增強了。疲倦感增加，睡著了也被具體的惡夢糾纏，難以好好休息。只能藉著強力的藥物處方，勉強度過這樣的狀態。

因此，當我拒絕工作時，我開始說「因為健康因素請讓我退出」、「我因為痼疾無法長時間工作」，或直接告訴主編及工作人員「其實我得了憂鬱症」。當我說出這一切時，發生了什麼呢？與我原本擔心的恰好相反，周遭的朋友真摯地給了我支持。原來世界比我想像的更溫柔啊，這是三十四歲的我第一次這麼想。即使如此，「好想死」的念頭就像海浪般，在我的身上來回拍打。

當我說出「好想死」這種話時，嚴格來說，我並不是真的期盼「死亡」這件事本身，而是基於想要從現狀中逃出、想從這個環境中逃脫這樣的強迫觀念。當這樣的衝動變強時，「不去死不行」的情感就會支配我的大腦，讓我陷入恐慌狀態。

每當這種時刻，要是不湊巧剛好站在地鐵站月台上的話，就會很麻煩。只要看見電車往這裡靠近，就會想著「啊！一定要跳下去」，完全沒有思考「是不是該跳下去」的空檔。就只是基於強烈的衝動，像是被人從背後撞飛的感覺侵襲。之後就是時機的問題了。

幸好我還繼續「沒去死」，這並非意志的問題，要說有一半是因為偶然也行。雖說如此，也是有可能會有個什麼萬一，我還是姑且寫下了遺書。不是用手寫，而是用智慧型手機的記事本功能寫的，連我都覺得自己好跟得上時代喔。

＊

我不知道是誰說的，但好像是說憂鬱症也可以說是一種「人生的病」，因為如果不去重新審視生活方式或思考方式這些造成憂鬱症的原因，就無法從根本解決問題。

舉例來說，如果是一個工作狂得了憂鬱症，就必須要重新檢視他的工作方式；若是因為人際關係導致罹病，就一定要重新修正其人際關係，或是從那個環境中脫離。當然，藉由服藥能夠緩和不安，也能改善睡眠，但那終究都只是頭痛醫頭、腳痛醫腳罷了。

我自覺自己的精神狀態很弱，因此，雖然做的是要在大眾面前拋頭露面的工作，但盡可能抱著「希望不要太顯眼地活著」、「希望不要變得有名氣」這樣的想法。我極力避免在電視機螢光幕前出現，若是有十個演出邀約，我差不多只會從中選擇一個。

所謂評論家的工作，就是展現出「觀點」。這樣當然有時就會與意見相左的人「爭論」，這對我來說是格外不擅長的。這並不是說我在「爭論」中贏不了，並非如此，這已經和勝負或有利不利完全是兩回事，一旦進入「爭論」，我的腦海就會充斥著不安的感覺，手腳變得冰冷，實際上還會感冒。因為是被他人在社會大眾面前，以強烈的口吻批評，這樣的經驗就一定會擔負著對應的壓力。

毆打別人被視為是暴力行為不被允許，但在格鬥運動的規則中，也會允許打人這件事。同理，謾罵別人被視為是騷擾不被允許，但若是在「爭論」，作為「話術」就會被允許（當然，罵過頭還是會違法）。我就是在那樣世界中的一名玩家。

然而，與格鬥運動的世界相較，在言論的世界，規則很鬆散，拜這一點所賜，我也時常承受不必要的傷害。這個世界「逞強」的人很多，但我因為我是膽小鬼，當我被要求要呈現出那樣的硬派風格是很痛苦的，我常常會覺得自己是不是不把爭論對手或批判對手當成「人」來對待了。無論在哪個世界，都有把和自己意見不同的人當作惡魔來看的人。

即便如此，在那樣的世界中，我還是會感覺到我有能夠幫助到別人的成就感。或許因為如此，我還是像個傻瓜一樣持續地工作，我去採訪、讀資料、寫稿子、在NPO活動、在媒體評論。我曾自嘲自己像是在問題企業中工作，在工作期間「幫助了社會卻幫不了自己」。當時我並未察覺到，除了工作以外，我不曾為了讓自己的人生快樂做出任何一點努力。

時常聽聞有從公司退休的上班族，赫然發現自己在地方上毫無棲身之所，也沒有興趣，除了工作外，自己什麼都沒有而感到無所適從。我的感覺一定就跟那種感覺很雷同吧。

我有一份工作是每晚在廣播節目中直播到深夜，無法曬到太陽的生活節奏雖說不是太好，不過自從開始主持廣播節目，我也少了「晚上跟人去喝酒」的機會。工作本身讓我找到無比的喜悅，但也因此大幅少了讓我能夠緩解壓力的場域。唉，真的是很不均衡耶。

像是做運動啊、吃美食這類對身體好的事，就道理上來說我是懂的，但因為太過不想動所以根本做不到，這是讓我很為難的地方。這是因為這種疾病，具有所謂「就連想變健康的欲望都被奪走」這樣非常麻煩的特質。

如此說來，我從以前就覺得吃飯之類的事情真的是麻煩得不得了。《七龍珠》這部漫畫中，出現了所謂只要吃一顆就能恢復體力、幾天都能耐得住飢餓的「仙豆」，我從小就覺得「啊！要是有仙豆就好了，不用理會吃東西這種麻煩事」。我原本的個性讓吃飯變得更加麻煩，放假之類的時候，我就只喝水或果汁，有時一整天躺在床上。乾脆跟神仙一樣吸空氣就可以活下去該有多好。

*

我非常喜歡的一位詩人穗村弘先生，出版了一本叫做《對世界 竅不通》（世界音痴，暫譯）的書。對世界一竅不通，這是多棒的一句話啊。就和人生的病一樣，我很喜歡這句話。

如果東施效顰一下穗村先生的句子，我的人生的病，或許也可以置換成對人生一竅不通或對交朋友一竅不通。到目前為止，我曾有過一段時間，活在無法與超過兩個人產生密切連結的狀態。無論是朋友也好，戀人也罷，型態各有不同，但每次都會造成過度依賴某一個人，過於宣示對對方的忠誠這樣近乎洗腦般的關係，或是反過來與對方「零距離」過度接觸，導致傷痕累累，關係殘破不堪。

如此這般，我總是與對方的關係每況愈下，最後崩解。拜這問題所賜，我從來沒有跟同一個朋友維持好幾年以上的緣分。當然，所謂的溝通應該是基於雙向關係才能成立，光是責怪自己，用對交朋友一竅不通這種話來太過限制自己，也不是一件好事吧。因為種種原因，最近我正開始一邊聽從別人的建議，一步步展開「世界復健」。

我聽說要從成癮中復原，並不是要勉強將成癮依賴對象移除，應該是要透過增加依存的對象，進而藉此達到分散注意力，這件事相對重要。所謂的自立也是相同的概念，並非去依靠別人，而是高明地分可以依靠的對象。那些事情「在道理上」我早就知道了，但真要實行起來卻相當困難。回首前塵，崩壞的人際關係早已是死傷慘重。

到目前為止，我曾採訪過很多因為疾病等原因而面臨麻煩的狀況，必須要依賴支援才能活下去的人，可一旦當自己變成「當事人」時，還是驚訝於那是何等沉重的壓力。什麼嘛，我過去採訪的那些人，大家原來都是那麼苦悶地在奮戰啊。我會去想，自己到底將那些痛苦傳達出去多少。當然，知道那些又更加深憂鬱症的惡化，呈現惡性循環。

我很尊敬的一位作家朋友，名叫鈴木大介。他是位非常擅長報導貧窮問題和地下世界的報導文學作家，由於他的受訪者和我的多有重疊，我常和他交換意見。

這位大介先生出版了一本名為《頭腦生病了》（脳が壊れた，暫譯）的書，讀了這本書，我忍不住發出「嗚哇」地驚嘆。大介先生本身患有腦梗塞，這雖是一本記錄後遺症的自我對抗疾病記錄，但在這本書中，他是以當事人的立場分享經歷為主要書寫內容。我就是對這一點「嗚哇」地驚嘆。雖然狀況不同，但大介先生，我現在也完全在思考相同的事呢！

話雖如此，我想原本就沒有任何人會不受人生的困擾，無論是常去的便利商店店員、在街上時常錯身而過的老人，或是出現在電視上的藝人，大家各自面對著人生的病。能夠開始「和我一樣，其他人不也是很弱嗎？」這麼思考，是我罹患憂鬱症之後的收穫。

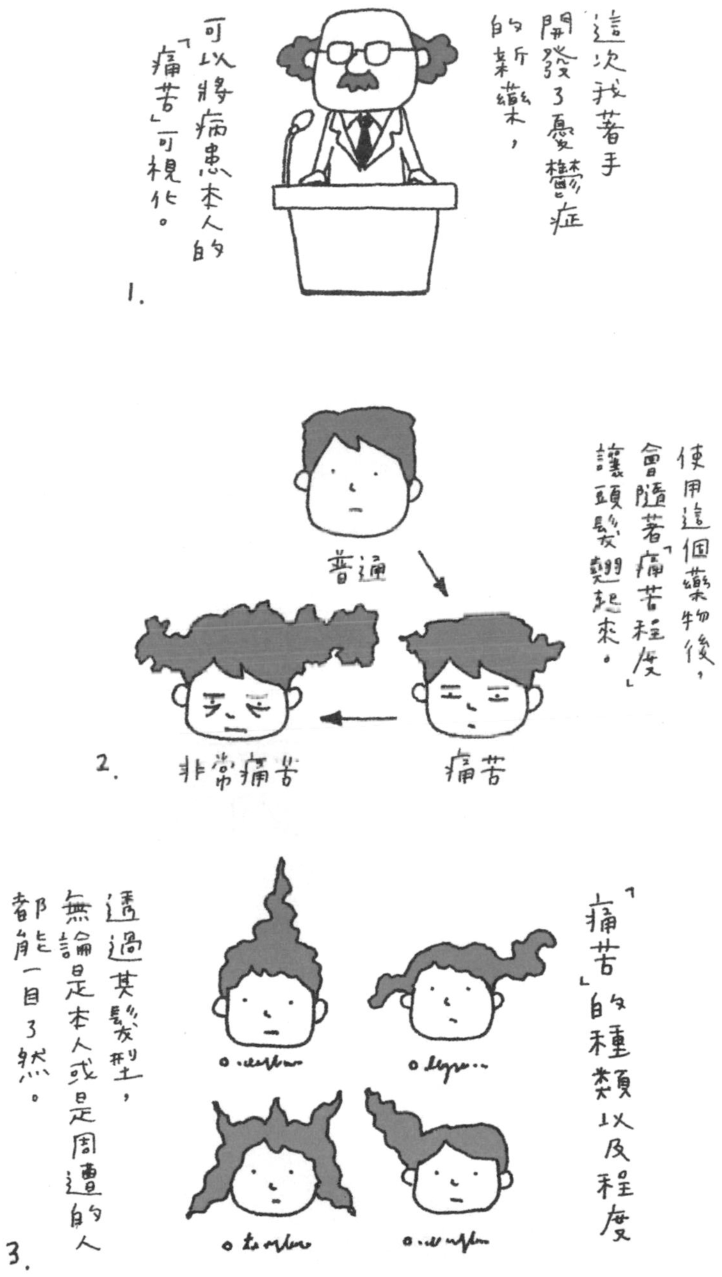
這次我著手
開發了憂鬱症
的新藥，
可以將病患本人的
「痛苦」可視化。
1.
使用這個藥物後，
會隨著「痛苦程度」
讓頭髮翹起來。
普通
痛苦
非常痛苦
2.
「痛苦」的種類以及程度
透過其髮型，
無論是本人或是周遭的人
都能一目了然。
3.

在症狀惡化之前
就能採取恰當的對策。
啊
4.
部長，您看。
唉呀呀。
我變成這樣了
要休假……。
啊
是啊。
6.
這個新藥
最具劃時代意義的部分是
藉由梳理
變翹的頭髮
能夠暫時
緩和症狀。
7.

我去了約旦

由於我主持廣播的帶狀節目，平常不太能去太遠的地方。不過，我每年可以有一周的特休。二〇一六年我利用了特休，去了趟中東國家——約旦。

有一次我在常去的酒吧與一位攝影記者朋友喝酒時，當我提到「我差不多預計這個時間點要休假」時，他邀請我說「那個時候我正好要去中東，這麼剛好那就一起去約旦吧」。

我從很久以前就有幾個想要去造訪的地方，約旦就是其中之一。在節目中，我曾多次處理中東相關的新聞，其中多數都是圍繞在恐怖攻擊或政治情況。但我總想著，總有一天要去看看那樣的國家日常和平的景象。

朋友總是為了採訪去到當地，如果跟我一起，他很高興可以改用「觀光視角」欣賞到不同的風景。另一方面，我也告訴他，我一定要看到敘利亞難民的生活狀況，請他幫我介紹具體的採訪對象。

雖說是休假，卻塞滿採訪行程，也只能說是職業病了。儘管如此，能得到機會接觸在日本無法接觸到的人與資訊，光是這一點我就感覺到是超級奢侈的體驗。

我告訴節目製作人說「放假時我要去約旦喔」，製作人就交給我錄音筆說「那麼帶著這個去吧」，我深深為他對製作節目無窮無盡的熱情，以及就連節目主持人的休假也都完全拿來運用、老奸巨滑的精神所感動，便乖乖地收下了。這果真可以算是休假嗎？我覺得是又不是。

面對敘利亞南側、巴勒斯坦東側的約旦，到目前為止是持續不斷接收許多難民的國家。這個國家的面積約為日本的四分之一，人口約九百五十萬人，但光是這幾年內，已經有超過六十萬人從敘利亞逃難過來。

對於從電視新聞中只看得到恐怖攻擊資訊的日本人來說，或許會有講到中東就等於危險地方的印象，但約旦在中東可以說是相對比較安全的國家。境內也有像是紀元前就存在的佩特拉古城，以及由於鹽分濃度高可以讓身體自然浮起來的死海等觀光景點。約旦也是許多電影的拍攝地點，包括《阿拉伯的勞倫斯》、《聖戰奇兵》、《絕地救援》等，也有人按照電影按圖索驥「巡禮」造訪。我自己也是這些電影的粉絲，一想到可以實際走訪這些場景就非常興奮。

＊

不過，我完全不會阿拉伯語。即使是在約旦，只要會某個程度的英語，在觀光區或餐廳等地就足以彼此理解意思。但我認為，去學一些當地最基本的招呼語還是很重要的。

就如同來到日本的外國人，就算短短一句也好，如果能說出「你拗」、「穴穴你」之類的日文招呼語，就容易讓人產生好感一樣，就算語調怪怪的，用對方的語言和對方說話，我覺得更能傳達心情。這有部分是屬於旅人的禮儀層面，而光是用隻字片語打招呼，當地人也會覺得你是「有趣的外國人」，多少會變得親切一些。

基於這些理由，我學會了些像是「Assalamu Alaikum（你好）」、「Syukuran（謝謝）」之類非常簡單的阿拉伯語後，就出發了。像是「Syuuisumakku（你叫什麼名字？）」，或是「Isumii. ○○（我叫○○）」這類句子，是到了當地之後才學會的，特別是「Hamam（廁所）」這個單字更是馬上記住。應該是說，不得不記住啦。

我原本就頻尿，從旅行前就一直持續肚子痛、拉肚子，所以確保有廁所可用是謂事關重大。就算記不得「○○在哪裡？」、「請借我使用○○」這樣的文法，只要喊著「Hamam、Hamam」，邊用手按著肚子邊用眉目傳情，也能確實達到溝通效果。拼上老命的表情，是世界共通語言。

待在約旦期間，除了被禁止吃豬肉及酒精的清真食品，比起日本冷熱溫差激烈的天氣型態，以及一大早從清真寺傳來的祈禱聲外，沒有什麼特別讓人困惑之處。約旦是非常仰賴汽車的社會，看到不繫上安全帶、猛按喇叭加速急行的計程車，總讓我憂心人身安全，但幸好我早早就找到精通英語並態度親切的司機，長距離行程時，我就雇用這位司機，所以沒釀成什麼禍事。

＊

讓我最困惑的，還是廁所，也就是說是廁所文化不同。由於旅遊書上對於上廁所的方式完全沒有任何具體說明，一開始真是非常苦惱。

包括約旦在內的多數中東國家，都認為上廁所之後的屁股不是用「擦的」，而是要用「洗的」。話雖如此，卻不是日本免治馬桶座的型態。最簡單的就是像是和式廁所中，放著水桶或灑水器。其次常看到的是在馬桶旁裝設蓮蓬頭，高級飯店等西式馬桶旁，則會備有清洗用的小型便座。而多數的廁所都設置有垃圾桶。

上完廁所後，用水清洗屁股。如果有蓮蓬頭就無所謂，但遇上放置水桶或灑水器時，必然就要用手去洗屁股。我已經有些困惑用左手清洗這個動作，但說起來，要用灑水器之類的工具順暢沖水這項作業，本身也非常困難。把水倒成涓涓細流，邊用左手接住水，同時費力洗淨。倒水的方式一弄錯，就會弄濕內褲和外褲。到底要從前面沖水比較好，還是要從後面比較好？這也讓我很煩惱。一開始戰戰兢兢，邊扭著身體邊從後方零零星星澆水，造成身體奇怪的部位好像要抽筋了。

廁所裡的衛生紙是不溶於水的，是為了在清洗完畢時，最後用來擦乾屁股上殘留的水分。用過的衛生紙不是用馬桶沖掉，而是丟進垃圾桶，垃圾桶是為了這個理由而存在的。

不過，當中還是有很多沒有衛生紙也沒有垃圾桶的廁所。第一次進入這種廁所時，我陷入混亂。這樣清洗之後不就只能不擦就出來嗎？嘿咻地穿上褲子，出了廁所，卻懷疑這樣對嗎，充滿了不安。之後搜尋發現這似乎真的是正確的，因為當地位處乾燥地區，放著不擦好像也會馬上乾。

廁所外的洗手台備有香皂，在那裡可以仔細清洗雙手。直到最近，免治馬桶座才開始在日本普及，但以前日本也是「只用擦的」的文化。要是從中東國家的角度來看，可能會覺得「只用擦的啊，不會乾淨吧」。擁有軟弱屁股、容易長痔瘡的我，對於屁屁一定要用水洗的方式本身非常感恩，幾次之後也就習慣了。

＊

待在約旦期間，我會用半天時間採訪，另外半天則用來觀光。採訪時，我會去考察難民營，離開難民營之後，則會去好幾個生活在安曼市內的敘利亞家庭訪問，並請他們讓我錄音。我去約旦時，剛好遇上了被稱作宰牲節（Eid al-Adha）的節慶期間，許多人都休假。這段時間會有許多觀光客，而無論哪個家庭，都溫暖迎接我這樣的稀客。

在那邊聽到的故事，都是非常痛苦的內容，敘利亞的難民們，都是全然失去生活必要的所有東西，來到國外避難。失去丈夫的單親媽媽得冒著被狙擊手攻擊，或遭受火刑威脅，在槍林彈雨中，半夜帶著孩子們穿越國境。因為轟炸負傷而逃難來此的男性，只能接受不理想的治療。

就算一家人平安逃出，親戚或家人還留在敘利亞，也是會擔心對方的生活過得怎麼樣，途中還能取得聯絡，但最近卻音訊全無的聲音也不少。而在前往避難的國家不太能得到工作許可，要設法用從聯合國等單位配給來的一點點食物券和現金，來支付房租、餐費、水電費和教育費等費用。許多人對於遲遲無法落幕的敘利亞爭端，以及自己看不到未來的生活而感到絕望。

「難民」短短兩個字很容易總括一切，但為了什麼而困擾，卻因為不同家庭各有不同。有賺錢的人嗎？有受傷嗎？有孩子嗎？有可以依靠的朋友或親戚嗎？該要去哪個國家、哪個地區避難呢？除了提供共通的必要支援外，本來就必須依據個別情況給予支援。但難民的人數實在太多，現狀就是無論各國政府或是聯合國，都無法實現提供細緻的支援方式。

我一邊細細地聆聽著面臨困難的敘利亞人們內心的聲音，一邊思考著我必須將這些聲音確實地帶回日本，感覺彷彿得到了一個重大的課題。實際上一回到日本不久之後，我就在自己的廣播節目上播出特集，將敘利亞難民的聲音直接拿到廣播上播放是非常難得的。我認為我完成了深具意義的廣播，但採訪報告結束之後，我也覺得並非是「這樣就傳達完成」，未來只要一有機會，我想我必須要廣傳出去。

＊

無論是因為採訪去到各個家庭訪問時，或為了觀光走在安曼市內鬧區街上時，我只要在街上亂走就會被搭話。日本人在約旦是很罕見的，原本就曾聽說過約旦人不怕生，再加上適逢宰牲節，大家的情緒都很高亢吧。

一靠近路上的公園或觀光景點時，就會有人一手拿著智慧型手機，對我搭話說「日本人！跟我一起拍張照吧」、「跟我兒子一起照張相吧」。只要答應一個人，周圍的人就會說我也要我也要集合過來。這感覺或許跟萬國博覽會時，一看見外國人就死皮賴臉地要人幫忙簽名的日本人很類似。不同的是，約旦人瞬間就會把相片上傳至社群網站，寫上「和日本人合照耶～～（哈哈）」等，成為朋友之間溝通的話題。

一到海外，我就有很多機會能夠深刻體會其他國家的人是如何看待所謂的「日本人」的。即使到了軍方盤查的地點，只要司機說「是日本人」一句話，就能夠毫無困難通行。由於日本是愛好和平、會製作有趣內容的國家這樣的印象相當強烈，大多數的人都會親切以對。當然，無論哪個國家都會有人把日本人當作肥羊敲竹槓。

不需事先申請簽證就能進入約旦這一點，也讓我非常感謝。因為持日本護照，有很多國家可以輕鬆成行。身為一個傳達事物的人，即使是基於「懂得檢索的人的職責」，我也希望能有更多機會接觸世界。我所見的世界還很小，應該走出去探索的世界更大更寬廣。

終於到了，好遠喔。
啊，那是這個星球的人嗎？！
1.
咦？！難道你是地球人？
欸！第一次見到！
是的！
2.
為什麼你要專程跑來這樣的星球呢？
嗯……
就是想要來看看。
3.

4.
欸~~旅行啊?!
好羨慕喔~~
我們這個種族
會生根，所以
沒辦法移動。
是喔—
5.
不過講到地球，
是不是一直
在戰爭啊？
可以隨便行動的話
也會發生
那樣的狀況吶。
也是啦。
6.
我們因為沒辦法行動，
所以想像力非常發達，
不過自己做不到的事
還是會想要
嘗試看看啊。
7.
這樣啊
地球喔
在我小時候好像
還沒有生物耶。
嘖!

打工雜感

我第一次打工是在念高中時，當時雖然感覺學校是公開禁止打工的，但沒錢的話就不能出去玩，所以大多數的學生都無視這項禁令。

跟其他的學生一樣，我也很缺錢，購物幾乎沒有出手大方過，說到日常的消費，就是和朋友去家庭餐廳啊、去超商買冰淇淋或肉包回家這種程度。即使如此，為了省錢，我到速食店會只點薯條，然後在白開水裡加入糖漿喝到肚子飽飽的，看到我這樣被嚇到的朋友碎碎唸地問我說：「啊你是獨角仙喔。」過了將近二十年，我都還記得這句話。

高中時因為玩樂團，零用錢差不多都用在錄音室費用或設備費用上。會想要買喜歡的音樂人CD，也會想要得到演唱會DVD。如此這般小小的物欲無窮無盡，於是就想「那麼就去工作吧」。

我一邊看著打工資訊雜誌或折進報紙裡的傳單，一邊盡量尋找懶散如我也能做、看似簡單的工作，結果找到的是倉管人員和貨車助手的工作。

倉管人員的工作內容很單純，我負責的部分是超市或餐廳常有的消耗品，像是寫著「半價」、「九折」的降價貼紙或塑膠餐盤，紙巾或紙杯，免洗筷、塑膠免洗湯匙、叉子、牙籤等等。我要做的工作內容是依據來自各店鋪的訂貨，在寬闊的倉庫中湊齊必要的物品，裝箱之後搬上貨車。必要時，我也會坐上貨車副駕駛座，幫忙卸貨。

開始嘗試做做看之後，我才察覺這份工作比想像中辛苦。不像現在的物流已經ＩＴ化，當時必須靠自己記住寬廣的倉庫中什麼東西放在什麼位置。倉庫經常門戶大開，夏天悶熱，冬天又冷到像是要結凍，裝箱好的物品要搬上貨車時，非常需要力氣。

「賺錢這件事很不容易啊。」

抱持著如此單純的感想，我對這世上所有的勞動者都報以尊敬，而我也學到了原來不起眼的商品，一個個都是與各式各樣的人所付出的勞動息息相關。最後，我也終於學會了不用把紙箱的底部翻上來，就能確實貼好封箱膠帶的方法。

＊

「第一次賺到的一塊錢美元，要表框起來裝飾。」

雖然我不記得這是誰寫的、刊載在哪裡的文章，但我有印象在高中時讀到的。不是一千日圓的紙鈔而是一塊錢美元，這應該是國外的說法吧。我好像莫名地感到感動，想要實際上裝飾一下，但想想又覺得這樣相框費用和一千日圓紙鈔會浪費掉，所以作罷。取而代之，我想要自己不會忘記第一次買下的東西，所以思來想去有沒有什麼讓我覺得不錯的選擇，但始終想不到有趣的物品，於是就只是以當時需要為由，買了電吉他弦。因為原本用的是便宜的弦，很快就壞掉了。

來打工做倉管人員的都是中年婦女，當然，我完全交不到所謂打工的朋友，我好像也幾乎沒跟那邊的女性們講過話。只是在暑假和寒假時，我會從上午一直打工到下午，中午的休息時間便會跟她們在同一個地方度過。

她們總是很熱烈地討論藝人的八卦。不喜歡嚼舌根，也不善於與人打交道的我，躲在角落連應付的笑容都沒有，而是一邊發呆一邊打發時間。

有一天，其中一位女性跟我說「因為你很努力，給你一顆糖」，我得到了一顆黑糖喉糖。突然想起去祖母家時，不是巧克力也不是糖果，我總是拿到年糕片，年長的人給我的點心，總是出現很奇妙的選項。

返家途中，我一邊騎著腳踏車一邊想要含喉糖，正要把喉糖從包裝袋中取出時，發現夏天倉庫的酷熱和體溫，已經把喉糖融化了。因為包裝袋和喉糖已經黏在一起，只能用前門牙一邊咬著一邊把喉糖拉出來，喉糖已經變形，味道也有些微妙，但因為是難得拿到的，還是吃光光。

之後我注意到那位女性在午休時間吃完午餐後，總是會拿出黑糖喉糖含，我不清楚她是基於健康理由，或者是把喉糖定位成是甜點。至此之後，黑糖喉糖獨特的風味和苦味，成為我記憶中「勞動的滋味」。

*

當我辭去倉管人員的工作，正想著接下來想做更輕鬆的工作時，我找到了車站前腳踏車停車場警衛的工作。這份工作沒事做的程度讓我非常驚訝。

我主要的工作內容就是從傍晚六點到九點之間，進入設置在腳踏車停車場的警衛亭中，坐著監視周圍狀況。偶爾要巡邏，看看是否有未經許可隨意停放的腳踏車等，但這種工作也只是每三小時一次。其餘時間就是坐在椅子上，只要人待在那裡就好。

打工的條件就是從週一到週五，每天坐在那邊。我打這份工的時間，剛好是大學入學考結束的時期，每天閒得很，這份打工非常剛好。因為我想如果戴上耳機聽音樂，的確會比較無法察覺異狀，所以每天就是靠著看書打發時間。

白天到傍晚六點為止，是由另一位老先生負責。老先生好像總是戴著單邊耳機聽廣播，交接時就只是打個招呼。在這份打工工作中，我也沒體驗到和打工的朋友聊天的經驗。

老先生回去時，總是會發出「嘿咻」的聲音穿上外衣、戴上帽子，然後拄著枴杖慢慢走回去。我曾在歷史課本上或資料中，看過老先生的外衣和帽子，那是舊日本軍的軍服，而且恐怕是階級較高的人穿的禮服，胸口有勳章、肩膀上也有裝飾。

老先生似乎重聽，交接時，即使我對他說「您辛苦了」，得到回應也只有幾次。對於這樣的他，我沒機會問他為什麼每天都會做這樣的打扮，就只是交接並目送著裝完成的老人家離去，然後進入警衛亭，開始翻書。剛交接時，警衛亭內會充滿老先生特有的氣味，因此即使是冷天，我也會開窗換氣。

穿上軍服時，老先生會抬頭挺胸，然後離開職場。我不知道他是穿著過去的服裝，或是一種類似角色扮演的概念？

只是，穿上這身裝扮，我覺得讓他保有著某種值得驕傲的感覺。說到我的話，那段時間我也沒有擁有什麼讓自己驕傲的能力，所以就只是魯莽的看書而已。

非常非常偶爾，會有年輕女性來到警衛亭告訴我「有可疑人物」，待去確認，卻什麼人也沒看到，或者是有客人會說「請借我打氣筒」，然後我會說「我來幫您打」，便咻咻地把空氣打入這類變化，但在那裡就只是淡然地任憑時光流逝。

藉由打工本身完全沒有讓我獲得任何能力，但那段時間讀的書，大概在我的身體裡發展成某些知識。現在回想起來，偶爾我會覺得要是當時有向那位老先生詢問關於軍服的事該有多好啊。

*

上了大學之後，我還在腳踏車停車場短暫持續了打工一段時間，但當我發現打這份工就沒辦法跟誰去玩時，沒過多久我就把工作辭了。總之，理由就是因為平常每天都被束縛住。取而代之，或許因為我很會隨機應變，因此我開始做起活動工作人員。我會以工作人員的身分，被派遣到各式各樣的活動當中，進行會場的準備、確認票券、確認隨身行李、會場保安等工作。

對於非常熱愛音樂世界的我來說，可以免費待在演唱會現場是賺到的。這份打工採登錄制，從好幾個活動行程中，提出自己可以去上班的日子，要是當天工作人員不足就會被派去。

因為機會難得，我只選填我自己有興趣的藝人的活動。這種態度下，並不會有大量的工作進來，也不會好好賺錢，有點像是以社會科實習這樣的感覺在面對工作。

有一天，我被派遣到當時超人氣的偶像團體活動上，當天與平常的氣氛完全不同，會場內的保安人員對現場超過一百名的派遣人員大聲廣播說：

「今天的活動，收到了炸彈威脅！」

聽了嚇一跳。在奧姆真理教的恐攻記憶猶新的時刻，啊這樣的狀況，我想是不是應該讓今天的演唱會中止啊？但負責人對著我們這些派遣人員下達了出乎意料的指示：「接下來請各位去尋找炸彈！」

蛤？這種事情不是警察要去做的嗎？我們這些打工的人要用人海戰術去處理嗎？是認真的嗎？沒問題嗎？

當我正在思考這些的時候，有一個打工的人向負責人提出這個問題：

「要是我們找到了要怎麼辦？」

嗯，這是很合理的問題。說不定對方是以犯罪為樂的人，萬一要是真的找到了，我們的生命不會有危險嗎？於是負責人對這個問題，回覆簡單的回答。

「請向我報告。」

就像單口相聲一樣，我在想「要是是那種被找到時就會爆炸的炸彈要怎麼辦？咦？咦？」時，負責人已經下達「那麼請大家開始尋找。請行動！」的口令。

工作人員慢吞吞的、各自行動、勉勉強強、猜想著炸彈可能設置的地方，一邊開始這邊那邊地找了起來，我也開始尋找像是垃圾桶啊、廁所的角落等很像回事兒的地方。結果炸彈沒出現，之後就是如同往常，按照活動分配任務。

我是負責在會場的最前面，避免觀眾朝舞台推擠，推著欄杆的工作。活動沒有延遲持續進行，我也偶爾會轉頭看向舞台，追星般看著偶像們的姿態映入眼簾。

活動進行到最後階段，我正想著這樣下去不會耽擱會順利結束時，「砰！」地出現了一聲巨大的爆炸聲響，「哇啊」派遣人員很多人受到驚嚇，回頭往會場看。但偶像們笑嘻嘻的向觀眾席揮手，觀眾也笑瞇瞇的。

什麼事也沒有。那個爆炸聲響，是為了預告活動來到最後一曲的煙火。只有不知道有這個橋段，滿腦子都是炸彈的派遣人員們感到驚嚇、困惑，然後彼此眼神交會，啞然失笑。

我說桃太郎啊，
你已經把鬼趕跑了，
我們家的錢也見底了，
要不要去工作看看啊？
嗯，
也是喲。
1.

那個，
我給你吉備糰子，
請讓我在這裡工作。
嘖？
喔喔，
那從今天開始
就拜託你囉！
2.

3.

蛤？！
做那麼多才領這樣？！
……去找其他工作吧。

4.

是喔，
不管誰都能勝任的工作
薪水就不高，
バイト
88
只有我能做的工作……
對了！我來寫自傳吧！
有版稅！
成為作家！！

這是我的稿子，
怎麼樣呢？
……這種程度的
民間故事
不會受歡迎的啦。
重寫。

6

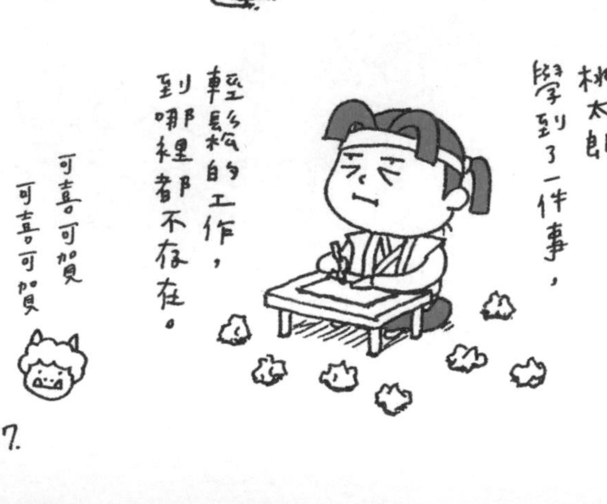
桃太郎
學到了一件事，
輕鬆的工作，
到哪裡都不存在。
可喜可賀
可喜可賀

7.

母親的想法與我

「打破玻璃天花板吧！」

二〇一六年美國總統大選中，民主黨候選人希拉蕊．柯林頓，多次喊出了這個口號。玻璃天花板，對於為了實現男女平等的社會而進行各種活動的人們來說，這個語詞讓人非常熟悉。身處同一個社會，男性和女性在社會上的待遇卻不同。即使成績優異，以身為女人為由被勸退，不得不放棄升學的人有很多。同時進入公司的男女，就算做出同樣的業績，女性總是不知為何無法升遷。

當女性開始打算投身社會時，「因為是女的」這樣的言語和偏見，成為看不見的壁壘，阻擋了個人。阻礙女性投身社會、成長、升遷這股看不見的壓迫力量，要精準以文字形容，就是玻璃天花板這個比喻。

對我個人而言，這個語詞是讓我回憶非常深刻的語詞，每每一聽到這個語詞，我就會回想起自己的人生，以及和母親淚眼相對對談那一天的回憶。

＊

我的母親是非常熱衷於教育的媽媽，從我小學開始，她就讓我參加過多學習或活動。補習班、公文數學、鋼琴教室、書法、繪畫教室、滑冰教室、滑雪教室、游泳學校、童子軍、網球教室，每天放學後就是要去某一個教室。

一直到進入高中前，放假時她也要求我一定要唸書八小時以上，另一方面，她卻不曾跟我說過什麼去外面玩啊、要用這種方式生活啊、要跟這樣的人交往啊、總之希望你從事這樣的工作啊之類的話。唯一就只是不斷告訴我「一定要去念大學」。

類似座右銘之類的，只有一句話是不斷重複告訴我的，那就是「不可以借人之物，謀己之利」。當媽媽想要添飯走向電鍋時，我要是拜託媽媽說「也順便幫我添」的話，就會被罵「自己去添飯」。所謂「事急差近人」這種事，在我家完全行不通，倒垃圾、洗衣服、清掃浴缸等各種家事工作都是從兒時就被分派。

這樣要說是有學會什麼才藝或生活能力，說起來也是蠻微妙的。我的字寫得很醜，也沒有繪畫才能，烹飪不在行，一直到最近洗衣服才洗得比較好。另一方面，我大致上會滑冰或滑雪，游泳也普通但至少會，有記住網球規則，也能看得懂樂譜。怎麼樣都算是不上不下。

在我小學二年級時，從一直生活著的兵庫縣搬家到埼玉縣。才搬家不久，馬上被高年級學生叫到體育館後面，對我開玩笑說：「喂，你說句關西腔給我聽聽看。」從那之後有很長一段時間，我無論到哪裡都持續成為被霸凌的對象。

配合父母搬家的結果，卻讓孩子飽受痛苦。母親感到內疚，因此更加認為要讓孩子除了學校和家庭以外，還要有很多的「第三個地方」。而在那邊學到的東西，只要有其中一個跟未來的什麼有連結就好。

我的母親並非秉持菁英教育理念，她只是不斷地對我說：「只要去到好的環境，就不用跟會欺負人的人相處。」

另一方面，不斷反覆說著「一定要去上大學」的母親，對於教育的投資是非常執著的。她會拿成績非常優異的我哥來比較，用強烈的語氣說「因為你也應該可以做得到」，從而打我屁股。但就因為是小學成績好，但到了國中，成績就轉眼退步，上課不認真聽講，也變得沒什麼動力。面對這樣的我，媽媽祭出現金利誘。如果考試排名不錯的話，就會照排名給我按比例的零用錢。

像是電玩和課外書等想買的東西堆積如山的我，於是學會了只有在考試前才會認真唸書的短期專注模式，考試一結束又馬上會進入懶散模式，沉迷電玩。甚至連大學入學考，我也是靠差不多半年到幾個月時間的專注模式度過的。

其實我不太有進入大學的精力，高中當時我因為參加樂團活動，只大略規劃可以進音樂專門學校也不錯之類的程度。面對這樣的我，母親採正面進擊。要是上了大學選擇一定會變得寬廣，就職選項也會不一樣，如此一來，對你想做的創作活動說不定會有幫助。她每天這樣跟我爭論，最後我堅持不了，就乖乖去上大學了。

不過差不多到了高三之後，我確實對廣泛的學習產生興趣，也碰巧在進入的大學中遇到好老師，一口氣變得開始喜歡唸書了。雖然對於媽媽強制說「去唸書」、「要上大學」這些話一直感到苦悶，但就結果來說，有今天的我也可以說是託媽媽的福。

*

讓我學很多才藝，用金錢利誘我唸書，這樣說起來或許會被認為我們家很富裕，但並非如此。我們家是雙薪家庭，媽媽也有工作，是勉勉強強投資在教育上，當然我的大學是靠獎學金念的。

一九九〇年代後半，在亞洲金融風暴前後，父親的公司倒閉失業，家裡變得困窘。餐桌上一直是擺著媽媽去打工的便當店的剩菜。我對吃其實不太講究，能讓媽媽少點家事輕鬆一點的話，我也是滿懷感激地一直吃著便當。

但不斷反覆要孩子去唸書、去唸書的母親，還是會讓孩子感到厭煩。對嚴格的母親，我曾多次反抗、咒罵、流淚，我也曾狂喊「學歷又不是全部」、「我不是老媽的傀儡」這種現在聽來會覺得羞恥的話，一股腦地想衝撞媽媽。有時媽媽會露出哀傷的表情，但即使如此還是不斷地要我去唸書。

儘管這樣，我還是持續在上課時聊天、不願意去補習、覺得寫功課很麻煩所以用瓦斯爐把練習卷燒了、為了買電玩省下便當錢，餓著肚子所以上課無法專心等，一直是不良學生。媽媽一定無數次為此嘆息吧。

正因為如此，當我上了大學時，媽媽大大地放下了心。之後，媽媽好像卸下了肩上的重擔，不再發牢騷了，被罵的機會沒了，不知為何也願意幫我添飯了。我想或許是因為覺得已經盡了自己的責任，媽媽變得非常圓滑，突然間變得好相處了。

＊

研究所時，因為意想不到的狀況，讓我有機會幫忙製作一本書。當時我有在寫部落格，正在進行男女平等相關議題的討論。當時有保守路線的議員和評論家，放出謠言要抵抗推動男女平等的政策等。當我一將這些問題點在部落格上彙整後，就有家小型出版社詢問我「要不要出書」。

當時我就是一個不去找工作，每天勤奮更新部落格的研究所學生，媽媽問我：「你不去找工作嗎？」我這個兒子總是邊面對著電腦邊回答：「安心啦，我在網路上很有名，就算有什麼萬一，我也可以靠個什麼生存的（大言不慚）。」從客觀角度來看，我就只是個很糟糕的孩子，但無論如何因為跟網路的緣分，讓我開始進行編輯相關工作。

那本書有許多作家參與，從各式各樣的角度分析男女平等政策，以及反對這類政策的想法。在文章被刊載的其中一人的論述中，提到了「玻璃天花板」這樣的句子。新書完成後，我送給母親說「這是我製作的書喔」，我覺得這是種告訴媽媽我有好好在做跟未來有關的事情，不用那麼擔心我的感覺。「荻上Chiki」這個筆名，也是當時第一次自我介紹的名字。

光是兒子在學校的書法比賽中得到銅獎（在金、銀之後的獎）就引以為傲的母親，應該高興到想把這本書裱框的程度吧。這麼想著，送書給媽媽幾天後，媽媽進到我的房間，告訴我她對這本書的感想。

「真的是一本好書。玻璃天花板這個句子真的很讓人感動，我自己的人生當中，也曾好多次撞上了玻璃天花板。」

接下來，我是第一次細細去聽媽媽說她的人生故事。

*

「我從小就很喜歡唸書。但我在學生時代，女孩不用受教育的潮流還是很強，那是一個女性進四年制大學升學率約為一成左右、遠低於男性的時代。即使如此，我還是希望可以升學，周遭的人都認為沒有這個必要。

我不斷拜託，希望至少能讓我上短期大學，終於能夠升學。畢業後就進入職場工作，但那也不是一個能讓女性公平晉升的時代。

學生時代，比自己不會唸書的女性朋友進了大學，那位朋友的家境非常富裕。我無法如自己所願唸書，我沒能生在女性能夠自由選擇自己心之所向的時代，總之，有很多遺憾的想法，我想人從出生的那一刻起就開始不公平。

所以我想無論如何至少要讓孩子唸書。要是好好唸書能夠上大學的話，就能有比我更多的選擇；頭腦變好的話，就能自己探尋出路。所以我才拼了命工作，讓你去補習和上公文教室，大學的費用雖然不得不依靠獎學金，但不管怎樣總算是還好能夠上大學。

當我讀到你製作的書中玻璃天花板這個句子，覺得非常能夠理解，啊，我以前也撞到這個呢。那個時代是如此，就算時至今日，對女性不公平的場景還是有很多。就因為是女的啊、明明是女的，我無數次聽到這些。你雖然是男性，但我不想讓你品嚐這種遺憾，霸凌也是。

我對你雖然很嚴格，但基於那樣的理由，我總是一直要你唸書、唸書，你或許會很生氣之類的，但我的想法是要做我能夠做的。」

媽媽說了這樣的內容。一邊說著媽媽哭了，我也跟著哭了。

「雖然我也有很多想法，但就結果來說，媽媽的教育造就現在的我，我很感謝媽媽，也能夠理解媽媽的嚴格。」當我這樣一說，媽媽用力點頭了好幾下。

自從這場對話之後，我覺得我們母子間的距離也大幅拉近了。

現在媽媽完全是我工作上的大粉絲，每天聽我的廣播節目，買書來讀，要是之後才知道我上了雜誌或電視新聞等，她就會指示我「我沒看到，很扼腕，要上媒體前在推特上要更多宣傳啊」。無論幹了多愚蠢的事都會站在我這邊，有這樣的人存在讓我很受鼓舞。

＊

在總統大選中，希拉蕊．柯林頓輸了，希拉蕊接受敗選事實，她說了這段話：「雖然我們沒能打破玻璃天花板，但不久後的將來會有人為我們完成。所有的少女們，我希望妳們千萬不要懷疑自己的價值和強大。」

玻璃天花板，或許很多人沒有感覺，但對我而言，這句話意味著母親流下的眼淚。母親希望下個世代不要再體會玻璃天花板這樣微小的心願，近期內我希望能幫她實現。

母親的想法與我

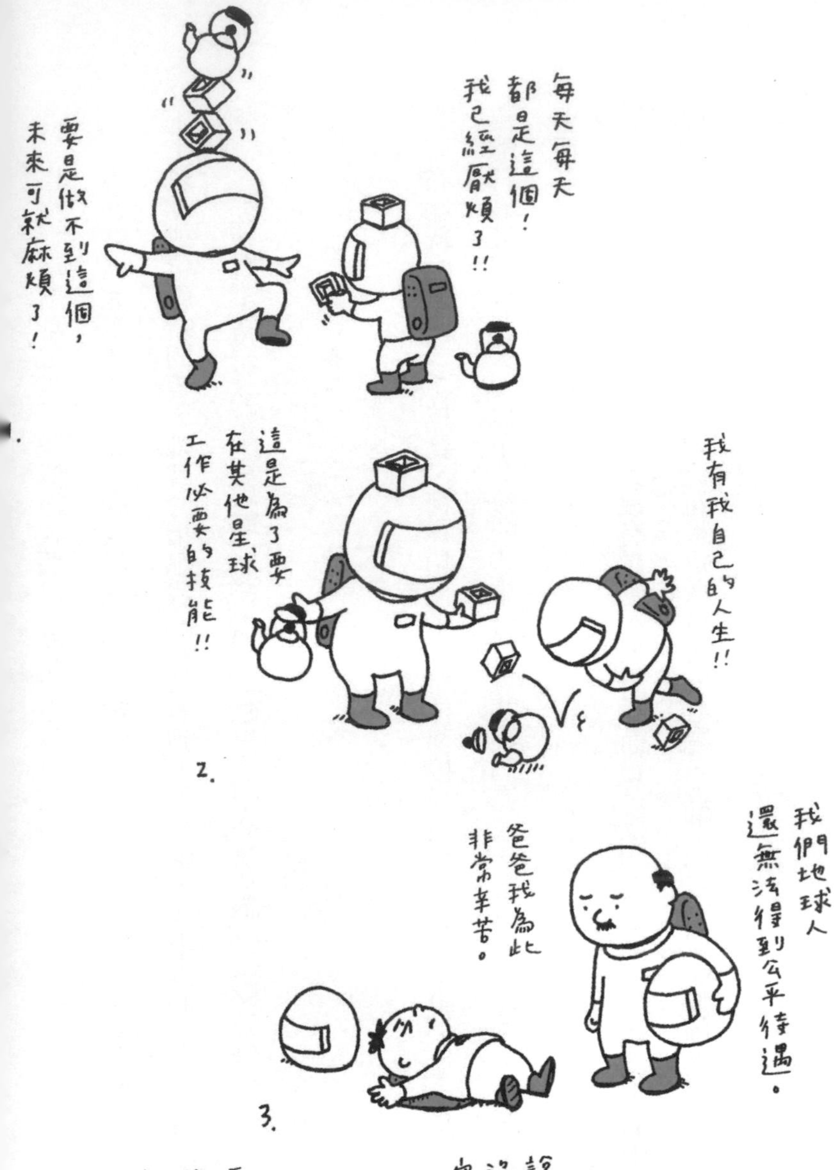
每天每天
都是這個！
我已經厭煩了！！
要是做不到這個，
未來可就麻煩了！
1.
我有我自己的人生！！
這是為了要
在其他星球
工作必要的技能！！
2.
我們地球人
還無法得到公平待遇。
爸爸我為此
非常辛苦。
3.
說到底不就是那個嗎？
沒能力的傢伙為了
守住那個位置，
而想要去
排除其他人的
能力和可能性
不是嗎?!
4.

……這樣說也是沒錯啦。
……不管怎樣，我們必須要靠強大和智慧對抗不平等。
5.
就算是地球人之間也還不是平等的。
雖然男女不平等已經消失了……。
6.
要是形成「髮型不平等」的話，那就太討厭了吧。
噫?! 那樣我也會很困擾!
7.

與現在的工作相遇之前

回顧我的人生，就是一連串的聽天由命。計畫性的人生規劃，與我無緣。因為工作的關係，有很多機會受訪，多數是要求我做「評論」，但偶爾也會被問到人生相關問題。

「為什麼會從事現在的工作呢？」

「為什麼會有像現在這樣的思考方式呢？」

再怎麼這樣問我，對我來說也都是困擾。我不但從來沒有目標要成為評論家，也不曾體會過人生突然之間產生巨變，甚至也沒有可以讓我遙望著遠方，訴說「當時因為碰上人生的岔路」這樣舉出具體轉捩點的插曲。

就只是小小的偶然和邂逅，這一連串碰巧就把我帶到了「現在這裡」。那裡並沒有任何必然性。

高中時，我參加很拙劣的樂團活動，思考著「未來要靠音樂過活」這樣迂腐的想法。總有一天我會成為不凡的人，藉由這樣的想法，來肯定當時既沒有特殊優點也沒有一技之長的自己。而且我的音樂類型，雖然我不是帥哥也什麼都沒有，卻是走視覺系。

在過了高三夏天之前，我幾乎沒有在準備大學入學考，過著渾渾噩噩的日常，也無法想像一年之後自己會是什麼樣子。唉呀，要是真有什麼狀況至少可以進去音樂專門學校吧！透過準備好這樣的退路，我沒正視當時的自己。

＊

儘管如此，因為屈服於父母「要上大學」的壓力，我終於在高三秋天開始認真準備大學入學考。在江川達也的漫畫《東京大學物語》中，成為舞台的早稻田大學感覺很有趣，基於這個理由，我把早稻田大學列為第一志願。而「因為總覺得好像能考上」這個理由，我把成城大學當作保底學校。結果臨陣磨槍在準備入學考上不管用，我最後進了成城大學。因為根本沒什麼準備，成城大學的考試要考日本史這件事，我是到考試當天才知道的。還竟然能考上。

大學時我主修日本文學，因為我基於「或許可以成為作詞的靈感」這樣輕率的理由，才做了這個選擇。就如同《東京大學物語》的主角這樣，我自己也打算以假面浪人＊的狀態，一邊讀大學一邊準備入學考，一年後進入早稻田大學。然而在大一的夏天，我愛上了大學的學姐，並與學姐交往了。拜此所賜，我一口氣失去了再次考試的動機，就這樣留在了成城大學。

在大學必須要選討論課程，因此我就決定選擇那位學姐進入的課程。那個討論課程非常嚴格，但卻給了我很大的刺激。

討論課程的指導教授石原千秋老師，是夏目漱石研究者，亦為文本理論學者，也是入學考國語參考書的名師。討論課學生被要求一年要提出四次以上的報告，一年還有兩次左右的發表。只要持續缺課或成績不良就會馬上被開除。被開除時，雖然只是從點名簿上用一條線劃掉名字，卻有著那條線會以令人驚恐的程度筆直地被劃上這樣的傳說。還是用徒手劃的。

＊

我的思考能力，在這個討論課程得到非常厲害的訓練。所謂文本理論這個技巧，和以往的文學研究不同。相對於「實證主義」會去驗證作品及作者的時代背景等，文本理論是在追求解

＊ 編注：「假面浪人」意指已經考入了某所大學並就讀中，但仍在準備參加其他大學或其他學部的入學考試之學生。

讀的多樣性、可能性。停止去關注作品當中作者的物品，只面對眼前的作品本身。無論是文學或是電影，絕對沒有「這是正確答案」的解讀，以具有各式各樣解釋的可能性為前提，再將之以語彙說明。

為了探詢多樣化的解讀方式，必須要了解思想和理論的模型。人類不管誰都會這樣，在無意識的情況下，將「特定的解讀方式＝意識形態」內化。各種意識形態雖然都有其好壞，但藉由學習數種意識形態的模型，就能夠對文本進行批判性解讀。

為了解釋的理論是很多元的，但一九六〇年之後的現代思想，是針對一個趨勢以批判「〇〇中心主義」這個方式去形成運動或理論。舉例來說，以批判「男性」中心主義的方式，形成了女權運動及理論；以批判「白人」中心主義的方式，形成了公民權運動；以批判「歐洲」中心主義的方式，讓多元文化研究盛行；以批判「異性戀」中心主義的方式，形成性少數族群的運動和理論；以批判「健康正常人」中心主義的方式，形成障礙者運動和理論；相對於只將特定藝術當作文化用以評價的「高級文化」中心主義，形成了次文化研究。像是這種樣子。

去質疑目前被認為是理所當然的「解讀方式」，提出別的解釋。若說以往的文學研究是圍繞著作者做研究，那麼文本理論就是為了讀者做研究，反覆進行從各式各樣立場來讀取的思想實驗。那樣的經驗對我現在的工作有非常大的幫助。

第一次在討論課程上發表時，我非常緊張，但我還是按照自己的方式，努力準備面對。從高中時代我就很喜歡心理學的書，也曾接觸佛洛伊德和榮格，因此我想大概以精神分析理論解讀夏目漱石的《門》來上台發表。

對於老師的提問，我毫不窘迫都能回答，上完課隔天，高年級學長姐告訴我，老師問「那個傢伙是什麼人啊」。聽到這件事我還蠻難為情的，之後我也才知道，在那堂課後有段時間，學長姐背地裡好像稱呼我「小佛洛伊德」。雖然我個人認為，那個綽號其實多少帶點竊笑的感覺啦。

順帶一提，成為我進入討論課程契機的那位學姐，在我大二春天時被她乾脆甩掉。剩餘的討論課程時光，不用說，變得非常尷尬。

＊

大約在準備要上大四時，周遭的人都開始忙著找工作。講到我自己呢，因為我覺得找工作很麻煩，還有開始覺得唸書很快樂，就打算直接進入研究所就讀。進研究所的人們會自虐似的稱之為「住院」。在找工作困難的時代，把研究所當作避難場所而選擇升學的人也不在少數。

然而在此同時，我陷入了意想不到的狀況。當時我想要延續在系上的學習，到了研究所也要在成城大學請求石原老師的指導，但老師卻在我決意進入研究所那個時間點的同時，決定要轉職到早稻田大學的教育學系。而且，在早稻田暫時不會開研究所的討論課程。「住院」大多數的情況是將學系上的研究持續到研究所繼續進行，指導教授也是同一位，但我的情況是已經斷了那條路了。老師很抱歉的跟我們說，「我會與期待進入研究所的各位個別詳談」，也說「我會幫各位好好寫推薦函的，所以想要去哪個研究所，希望大家再重新考慮」。

自己的老師要去更知名的大學，我當然也會覺得自豪，但一想到要是因為我想要進研究所這件事，就結果來說或許會造成老師的負擔，我就感覺無地自容。不過，跟老師去喝酒時，老師提出「就算綿矢莉莎*來到我的研究會，我也不會放水的啦」，他已經完全是早稻田模式了。

但我還是覺得困擾。我自己打算繼續文學研究，但採文本理論這個立場進行研究的研究所，實際上幾乎沒有。另一方面，要是要轉換其他主修，那讀書量就絕對不夠，結果就是我當了一年的研究所重考生「院浪」。為了準備研究所考試而選擇做失學的人，我想應該是很罕見吧。我列出要能活用文學研究的知識、要有興趣，還要有能夠尊敬的教授陣容，綜合以上條件我思考再三，最後選擇主修傳媒理論。

＊

於此同時，我在大四冬天左右，開始熱中於更新部落格文章。當時不像現在，那是沒有推特（Twitter）、沒有臉書（Facebook）的時代。我在部落格上經營一個發送人文社會科學類、評論類的新聞網頁。

在部落格發文期間，發生了伊拉克綁架日本人質事件、教育基本法改正、由保守派政治運動家引發的男女共同參與批判等，在回答這些事件的過程中，我開始對各式各樣的社會問題產生關注，憲法、經濟、犯罪、人權問題，我閱讀的書籍範圍更寬廣，與人之間的連結也擴大了。

結束院浪生活的我，進入東京大學研究所「住院」，一邊學習傳媒理論，一邊始終如一地持續更新部落格。不久後，我便開始幫忙一家小小的出版社。由於我經營一個去驗證在保守派

＊編注：綿矢莉莎（一九八四～）是日本著名小說家，畢業於早稻田大學教育學部國語國文學科。綿矢在十七歲時，以小說《Install未成年加載》奪得第三十八屆文藝獎，十九歲就讀大學一年級時，更以《欠踹的背影》榮獲第一百三十屆芥川獎，成為這兩樣獎項最年輕的獲獎作家。

媒體廣傳關於女權主義流言的網頁，出版社想要出版一本同樣宗旨的書，因此請我過去幫忙。

這家名為雙風舍的出版社是由社長一人校長兼撞鐘，所有事情全都要做的「一人出版社」。因此從企劃、製作目錄、敲定時間、採訪、投稿、編輯到業務，製作一本書的一連串過程都讓我體驗到了。也因為這個經驗，讓我當時想著研究所畢業後要去出版社工作。原本我們家的經濟狀況就不好，因此和父母約定好，取得碩士學位就要去工作。我沒想要以成為研究者為目標，心中有著「這兩年間，就讓我讀喜歡的書」這樣的打算。

但是找工作卻完全不順利，從大型出版社到小型出版社，我去面試了很多地方，有時是在文件審查階段就被刷掉，也有一直進到最後一關面試，但可惜最後還是沒能通過。

*

逼近研究所畢業的二月，我還沒能找到工作。伴隨著冬天的寒冷，我感受到「原來這就是就職冰河期啊……」的巨大壓力。在這種狀況下的某一天，我幫忙的出版社舉行了一個小小的慶功宴。

地點在新宿二丁目的同志酒吧，趁著酒意我向媽媽桑借酒裝瘋說「找不到工作不是我的錯，是這個社會的錯啊」，然後我被開玩笑說「你啊，真的是非常典型的人渣」。

在那時，有兩個女客人一起來到，兩人的態度好像是在慶祝什麼似的。我開口問：「是發生了什麼好事嗎？」其中一位女性指著另一位說：「她要換工作，今天跟公司提辭呈了。」我問她：「是怎樣的工作呢？」是從網路廣告到出版、營業範圍非常廣大的新創公司。咦，那是什麼？好像很好玩。

趁著當下的氣氛，我問道：「妳今天辭職，也就是說會空出一個人的位置呢。我能進去這個位置嗎？」對方回答：「我幫你問問看？」呃，我只是隨口說說的。之後，慌慌張張之間決定了面試日期，四月就以正職人員的身分被錄用。就這樣，我的求職生涯結束了。

雖然是好不容易得到的工作，但一年後我很乾脆的離職了。我當時邊工作邊撰寫一本書，那本書出版後，有好幾家出版社來提案，於是我想要專心在採訪和文字著述事業上。我抱著「嗯，如果發展得不好，還可以回到網路業吧」這樣輕鬆的心情，直到現在都還繼續在寫作，毫無計畫的人生似乎還會持續下去。

與現在的工作相遇之前

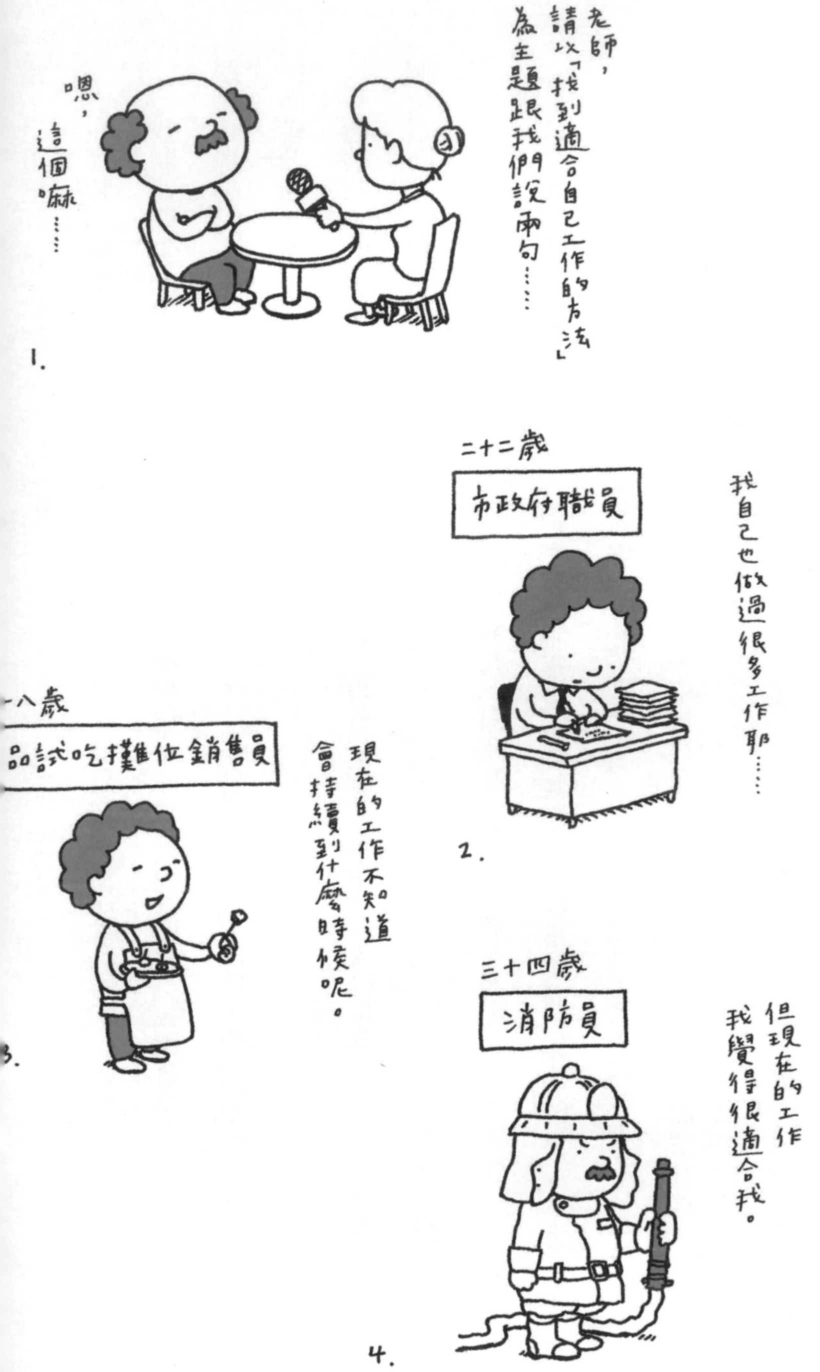
老師，請以「找到適合自己工作的方法」為主題跟我們說兩句……
嗯，這個嘛……
1.
二十二歲
市政府職員
我自己也做過很多工作耶……
2.
八歲
品試吃攤位銷售員
現在的工作不知道會持續到什麼時候呢。
3.
三十四歲
消防員
但現在的工作我覺得很適合我。
4.

三十八歲
飼養員
我想這一定是因為
從以前我就一點一點做出
「符合自己的選擇」。
5.
四十三歲
鹽大福專賣店
結果人往往都是
「越是在不適合的工作上
努力就越不能幹」。
6.
現在
小說家
最近我終於明白了，
原來我好像喜歡
有「SHI」這個發音的工作。
＊

＊譯注：市政府職員、試吃、消防員、飼養員、鹽大福幾個字在日文發音開頭都是shi（し）。

我的聲音和廣播

因為我的父母都在上班，從小學時我就是以所謂的「鑰匙兒童」狀態長大。或許因為如此，我有很多機會接家裡的電話。

在我還小的時候，常常會被電話那頭的人問道：「啊，爸爸或媽媽在嗎？」到了中學左右開始變聲，就會被問：「是男主人嗎？」尤其是爸爸的朋友，常會把我的聲音和爸爸的搞錯。隔著電話，我們的聲音好像非常相似。

身處遠方的祖母打電話來的時候，不是先報上名來而是先問我們這邊「咦、是誰？」，我一回答「我是Chiki啦」，祖母就會有「喔，是你啊，我是祖母啦，你的聲音讓我以為是你爸爸啊，聲音真好聽呢」這個反應。接下來，在祖母說「叫你媽媽來聽」之前，會先誇獎我說「你的聲音可以當主播囉」，這已經成了固定模式。

除了祖母，媽媽和嬸嬸，或者表姊妹也常常會誇獎我的聲音。雖然如此，要問我是不是曾因此自豪，我可完全沒有喔。被誇獎後，我甚至連害羞的感覺也沒有，或許是本來就不太理解，我覺得這也只不過是親戚之間過分說好話而已。

用錄音機錄下自己的聲音聽聽看，也只覺得「真的是好奇怪的聲音喔」。如今想來，因為感覺我父親的聲音是相當好聽的聲音，如果跟他的聲音相似，我應該要更有自信才好啊。

*

長大之後，知道了一個叫做「詐騙犯（Impostor）現象＝冒名頂替症候群」的語詞，意思是從別人的眼光來看這個人擁有很好的能力，雖然也做出了符合期待的成果，但本人卻非常缺乏自己成功了的實際感受。不對，毋寧說是抱持著恐懼感，覺得自己是「騙子」，承受來自他人過於誇張的好評，要是自己缺乏哪個能力被發現了，是否會受到責難。這個語詞就是在指這個現象。

有冒名頂替症候群的人，無論多麼成功，都會認為這終究只是運氣比較好罷了，完全否定是因為自己的努力得到成功。他們會更進一步覺得「一定要培養真正的實力」，而為自己訂出更高目標。雖然這也會奏效，讓能力提升，但目標高遠與自我評價低下造成的鴻溝，會讓他們只注意到不足之處，或許難以得到成就感，或落入自我厭惡的情緒當中。

知道這個語詞時，我覺得根本完全說中自己。就算大家誇獎我「聲音很好聽」，我也會覺得這個意思不過就是「運氣很好」，完全不是自己的「實力」。所以，當祖母屢次告訴我「如果你能做使用聲音的工作會很不錯耶」，我也完全左耳進右耳出。

這樣的自己，現在是廣播節目主持人。因為這是份對著很多人說話的工作，偶爾會有聽眾誇獎我的聲音。每次我都會想起祖母，想到難道應驗了祖母對我說的啊，有這種不可思議的感覺。

*

我開始聽廣播是在國中時。國中都會有期中考和期末考，和小學時不一樣，要是沒好好準備考試，成績就會很慘。國一時的我完全沒有「要準備考試」的想法，因此在學年中成績差不多位居末段，連連不及格。

上了國二，漸漸開始稍微有點想要準備考試了，當時我開始每晚聽廣播陪伴我唸書。星期天中午是脫口秀，平日晚上則是音樂節目或聲優廣播。在廣播界總有著「脫口秀的AM，音樂的FM」這樣的趨勢，但並不會特別只有某個類型，還是會播放各式各樣的節目。我當時特別喜歡森口博子和中島美雪的女性脫口秀節目。

關掉房間的照明，打開書桌上的檯燈，邊聽著廣播邊唸書，就算聆聽流洩出來的聲音會讓專注力降低，但為了要提高面對書桌的動機，以結果來說，這樣是可以沖淡對唸書的抗拒感。

在成為電玩腳本的「兵蜂PARADISE」這個廣播節目中，主持人會建議聽眾在包包之類的東西上別上鈴鐺，好證明自己是這個節目的聽眾。在街上如果看到身上別著鈴鐺的人，就問對方「暗號是？」，然後被問的聽眾回答「嗶！」。這個設計是藉著這樣瑣碎的問答，串起聽眾彼此。

「我別上鈴鐺就被人問了」、「我鼓起勇氣對別著鈴鐺的人搭訕」，每次節目上都會唸出聽眾寫來報告的明信片。那我也試試看吧，於是我在包包上別上了鈴鐺過日子看看。我也曾妄想會偶然遇見不認識的人，有機會的話可以跟很棒的姐姐（！）談戀愛，不過當然，這種事完全沒發生。

只是在其他班有個男生問我「你該不會有聽廣播吧？」，我是忘了是不是因為這樣啦，不過從那個時候開始，我和他就成為常會聊天的朋友。他超愛動漫《新世紀福音戰士》，像是製作只讓壞人滅絕的毒藥啦、要怎麼做光是用聽的就能把人洗腦的錄音帶啦，像這類的談話我們意外認真。「中二」程度彼此彼此。

之後又碰巧進了同一所高中，既然這麼巧，那就乾脆一起組樂團，喜歡上同一個人，兩個人同時毫不留情地被甩了。雖然覺得這是很厲害的緣分，卻完全沒有「我們是摯友」之類的感覺，各自進了不同大學之後，就完全沒聯絡了。如果像現在有LINE之類的方式，說不定會不一樣，不過當時原本就是很少有高中生擁有手機的年代。只要往來的地點改變，就此告別也是理所當然的。

直到最近，透過社群網站的私訊功能，他突然跟我聯絡了，他寫說「感覺好久不見的你就在身邊」。怎麼會覺得十年以上完全沒見面的同學就在身邊？我忍不住懷疑他該不會是要拉我進直銷吧！沒想到他現在是在從事支援中東的NPO工作，好像是因為我在廣播節目中常常提及中東問題，他才知道的。人生還真是奇妙。深信諾斯特拉達姆士*預言、說著人類要滅亡的那個他，現在竟然在從事營救難民的工作。

---

* 編注：諾斯特拉達姆士（Nostradamus，一五〇三～一五六六）為法籍猶太裔預言家，曾留下一本預言書《百詩集》（*Les Propheties*）。有研究者從裡面的短詩句中，發現不少諾斯特拉達姆士對歷史事件與重大發明的預言。

＊

國中當時，我自己很憧憬「御宅族」。我會去秋葉原買OVA（原創動畫錄影帶）、買聲優的CD、跑去動漫店，也會購買動漫雜誌《Animage》、到手做材料專賣店「YUZAWAYA」買買看網點紙和G漫畫筆等，但我認為自己沒有「御宅族」的能力。不只是動漫或漫畫，我連任何「熱中」的能力都沒有。我會先想到「希望被人認為是喜歡這個的人」，就無法不顧形象沉迷其中。我不是粉絲（fan，愛好者），終究是假內行、裝腔作勢的人。因此，我時常會覺得可以沉迷熱中於某種東西的人非常厲害。

對於廣播也是如此，上了高中之後我就幾乎沒聽廣播了。因為樂團活動和上網佔了太多時間，原本是尋求跟廣播之間「小小的連結」，但也被其他領域的事情取代了。如果當時知道有深夜廣播節目存在的話，說不定會更不一樣吧。

成了大學生之後，我只有在得知有知名學者或評論家會上廣播節目時，才會在重點時段聽，但沒有成為特定節目的重度聽眾的經驗。因此，自己之後成為廣播節目主持人完全是意料之外。

二〇〇七年，我從筑摩書房出版了第一本個人著作後，TBS廣播節目的製作人跟我聯絡，問我要不要去上社會學者鈴木謙介先生所主持的文化節目「文化系談話廣播Life」。

雖然我感覺不太擅長在別人面前說話，不過因為可以順便宣傳新書，就答應上節目了。節目當天我「低血糖」，也就是空腹一直說話說到體力透支，除此之外，沒有發生什麼狀況，順利扮演好角色。這也成了一個契機，之後被邀請上各種TBS廣播節目機會增加，不知不覺就有了自己的帶狀節目。

＊

開始主持廣播節目時，值得一提的是我完全沒被要求任何事，像是「不可以談論這種事情」或接受說話方式訓練，什麼都沒有。

雖然如此，我好像會在不自覺的情況下說話太快，就連媽媽在聽我的廣播節目錄音，也要以〇．九的倍速放慢播放來聽。關於這一點，我曾接受工作人員的建議，要我「用和自己祖母說話的方式」講話，我努力要讓自己講出來的話比較容易聽懂。

其他節目我也上過許多次，感覺我的主持風格與節目的風格似乎是相當特殊。我會一邊充當新聞節目的主持人，一邊瀏覽推特或郵件，將適合的唸出來，開始討論。雖然也會寫腳本和流程，但很少按照這些進行，相當多重任務，是很仰賴即興演出的風格。

本來廣播的新聞節目就是非常具流動性的，很多時候一直到節目當天都還沒決定到底要講什麼新聞，也有到當天傍晚才決定來賓的情況。

最極端的時候，是一直到了節目結束，完全都沒有腳本主持，例如一邊介紹國會審議的聲音，一邊一個人說話。這種時候，工作人員一直在編輯國會的聲音素材，根本不會有時間寫草稿。這時使用的聲音素材全部都是由我指定的，所以我告訴工作人員「只要用手寫筆記告訴我聲音出現的順序就好」。工作人員一直在編輯的機器旁編輯，有時到了節目前半段已進入尾聲，後半段的聲音素材卻還來不及編輯完成，這時只能先以自由談話擋著。

節目開始前遇上熊本地震發生時，我一邊講解陸續進來的受災資訊，並以自己採訪災害的經驗，自行提醒大家各種該要注意的事項。另外，節目中對政治人物進行採訪，或是對重要人物進行電話訪問時，沒有腳本的一個小時內，要一招定勝負問出重點這種情況也常常有。

總會有人問我，遇到這種時候會緊張嗎？並不會，因為我有能夠應付這種狀況的自信。而最近我也才學會肯定那不是誰都能夠做到的。一步一步，我藉由自己反覆的步伐，終於漸漸可以認同自己不是「詐騙犯」，而是因為認真努力而得到好評。

年輕時我愛上了
每個禮拜從廣播中
出現的那個聲音。
1.
他長什麼樣?,
身高很高吧?!
當時並沒有調查的手段。
2.
「他」的細節,
包括指甲的長度
甚至到脖子的粗細,
都在我的腦海中一一成形。
3.

前陣子我在不經意間
突然想起這件事，
想到他的聲音，我腦海中他的形象。

4.

我明明應該已經了解
理想和現實有差距這件事，
明明可以忍住不去搜尋。

5.

只要不去搜尋他的照片，
我心中的這份戀情與心中的他，
就能一直是「真實」的。

6.

我恨網路。

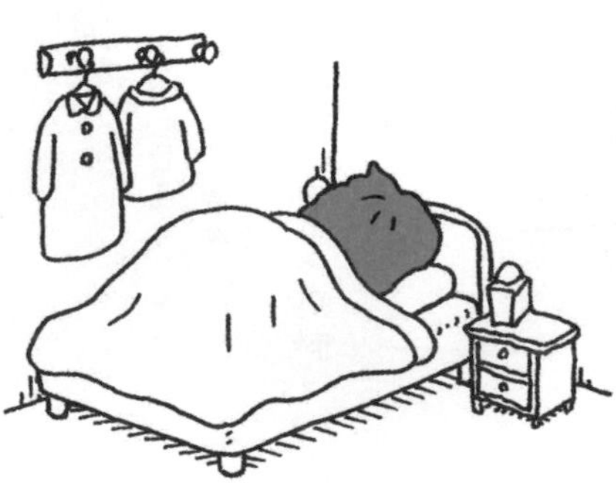

7.

面對「咒罵話語」

「喜歡的電影是？」

「喜歡的作家是？」

「喜歡的音樂家是？」

文科男子二十歲前半，常常會用這樣的開場白與人開始交談。因為飲酒作樂時，無法借酒裝瘋，就認為改用交換知識才是溝通。

但那是彼此較量知識量的戰場，一般被稱做「次文化炫耀」的行為，反而讓氣氛變糟的情況不知有多少。有人哭著回家，有人變得討厭誰而離開，沒有意義的衝突不知道出現多少回合。對於領域狹小的自己來說，喝酒聚會就是戰場吧。

時光荏苒，到了三十歲後半段的現在，所謂的喝酒聚會是社交場合，同時也成為彼此慰勞的地點。可以互相解開彼此生活或工作上，或是目前為止的人生中，被別人罵的「咒罵話語」，抑或是彼此產生共鳴談天說地。在逼近人生轉折點的這個時間點，或許可以將人生上半場放進總結工作裡。

尤其是重新面對「咒罵話語」這個工作，對於同一世代的朋友之間是非常重要的課題。有這個課題的當事人朋友們像是開小組會議般，經過回顧、吐露、再彼此認同的行為，似乎就能重新檢視剩餘的人生該怎麼過。

＊

我算是非常認真會聽進身邊的人給我的建議，容易受人影響的程度之強，甚至有時可以說是「洗腦」也不為過。實際上，在我的人生中，有好幾次持續遵從特定人士講的話的經驗。

對於被「洗腦」的人，通常有幾個共通點。不太在意自己，在與人交往或溝通的狀態上，遭到條理分明的語句強烈否定，之後被對方提示實際上應該要像這樣行動，這種情況反覆出現後，就會變得強烈認為「我必須要做出會被那個人肯定的行為」，自己的行動基準，會受到某個特定人士的評價而左右。

我人生中第一個交往的對象，是頻繁對我使用暴力的人。對方會打我、踢我、咬我、用傘戳我、勒我脖子等等。我穿的衣服被對方說是很土，對方禁止說「你不適合白色」，不斷強調「我喜歡你的身體但臉很醜」。當然並非全然都是不好的回憶，但回首這段過往想起的盡是這些「咒罵話語」。

要是現在，會用約會暴力這個語彙表達吧。知道這個詞彙，也具有「解開咒罵話語」的功效，我的狀況是知道這個詞彙已經是差不多十年之後的事了。

這是跟下一個交往的對象一起去買衣服時的事。在看各式各樣的衣服時，我說「我的臉不好看，所以不適合白色衣服」，對方露出不可思議的表情，反問我「這種事情是誰決定的呢」。然後對方說「我覺得你很適合這種衣服」，拿了白色T恤往我身上比，催促我「快去試穿看看」。我按照她說的去試穿那件T恤，她微笑說「很適合啊」。雖然半信半疑，但我還是買了那件T恤。下次約會時，我穿著那件T恤去赴約，她很開心說「你看，果然很適合啊」。

那件T恤，我一直穿到快變形。之後說是每一季也不誇張，我都會買白色T恤。這是我的經典單品，不，可以說是我的戰袍。就像這樣，服裝是能如實表達自卑感的東西。

＊

小學時，我得到一個世界觀，認為「讓別人看到自己的情緒就是讓人看到自己的弱點」。把我包圍起來的同學們，即使我已經不記得事情前後經過，但像是恐嚇我「快給我道歉」，嘲笑我「那是什麼臉」，他們、她們的臉我從沒忘記過。

霸凌大多數都不是以將對方從團體排除為目的。要是排除了，這樣遊戲就結束了。因此，是要將對方馴養在團體最下層，以此為樂。

管控對方，將對方當作嘲笑的對象，藉以得到嗜虐成性的快感。要是發現對方有稍微想要逃離控制的樣子，就會對此加以制裁。

在我察覺學問的重要，開始接觸霸凌研究，我看到了「表情罪」、「態度罪」這樣的表達方式。因為露出對自己不滿意的表情所以有罪，因為表現出會讓人反感的態度所以有罪。像這樣在團體內做出自己的規範，將對目標對象的攻擊正當化。

持續被以「表情罪」、「態度罪」問罪的我自己，認為不把情緒讓人看見是生存的手段。但另一方面，當發現對方侵門踏戶進入自己的精神世界時，那份距離感又會蕩然無存，陷入泥沼、成癮、洗腦，雖然可以表達，但由於無法好好掌握與他人的距離，所以不是極端疏遠，就是極端接近，這是導致心理距離兩極化的原因。

三十三歲的夏天，我罹患憂鬱症一段時間，身體實在是吃不消了，開始向周遭的人一點一點坦承「我不行了」。於是，對我敞開心房的朋友增加了，打開我心理距離來告訴我「希望能一起活下去」的人、告訴我自己也有相同痛苦對我表達共鳴的人、對我態度始終如一的人。欸……原來會有不算計利害得失，只想跟我在一起的人！怎麼會這樣？我非常驚訝。

「讓別人看到自己的情緒就是讓人看到自己的弱點」這樣的想法，一半正確一半錯誤。不讓別人看到自己的弱點，也意味著無法與人變得親密。當我決定將自己的弱點公開之後，有好幾個人這樣對我說，「我以前還以為你是可怕的人」、「想到你也跟我一樣有弱點就感覺放心了」。原來如此啊，評論家這個頭銜，總是以正經的表情（！）出現在媒體上，或許很難飄出人味。我也的確極度討厭與人有關連。當發現這一點之後，也就是我在情感面上開始解除武裝，這是我的人類宣言。

人與人之間彼此示弱，是為了生存必要的工作。或許是單純發現年歲漸長，沒有人可以依靠就無法立足，總之就是會有不求人幫忙就無法解決的問題。

根據我的專欄作家朋友Jane Su的說法，按摩就是其中之一。肩頸僵硬就不是自己一個人可以解決的事，就像是一感覺到「肩頸好僵硬啊」，就會想到「去找人幫忙按摩吧」一樣，一想到「我被人話語了呢」時，就想到「去找人說話解除詛咒」這樣會比較好，因為那種時候無論是肌肉或是精神都會僵硬緊繃。

能幫自己解除詛咒的對象，並不僅只朋友，因人而異，可以選擇算命師、選擇宗教、選擇牛郎或酒店小姐，只要能夠「善於依賴」就很好。

有人為了母親說出的「咒罵話語」而痛苦，有人為了在業界廣為流傳的傳言而煩惱。放眼望去，相同世代的人當中，開始正視並面對「咒罵話語」的人似乎很多。

*

為了保護自己，我認為「適當地討厭他人的規矩」是必要的。在教室這個空間中，我們都被教導「要跟大家好好相處」，但長大成人之後，就了解那不過是為了方便管理小孩的便宜行事。連帶責任這種不講道理的罰則、讓人在大家面前流淚反省這種羞辱的處罰，這些都是為了保持教室秩序的儀式，人是不會對身為人類的自己做出這些行為的。

實際上大家是無法好好相處的，人原本就會討厭別人，而所謂長大這件事，某個部分就是學會怎麼善於對討厭的人拿捏距離的方法。要是不擅長距離的拿捏，會讓對方人生陷於痛苦。

為了適當討厭別人，依照自己方式來保護自己的做法有幾個。

例如，「不要連那個人附屬的東西都一併討厭」。

在這世上，會有人為了要將自己討厭那個人這種事情正當化，而將那個人擁有的各式各樣特徵都完全否定。「就因為是女人啊」或「就因為是〇〇人啊」或「就因為是來自〇〇啊」這樣的情況。

但是說到討厭的理由，可能是因為分歧、可能是因為來自自己的好惡，狀況有各式各樣。過度想要強調討厭對方的必然性，沒有必要將主詞放大。每個人身上都有著不只一個的特徵，雖有大小，但只因為某樣特定的特徵是無法決定那個人的性格的。

討厭某個人，是討厭「〇〇人」，而不是討厭「男」、或「女」、或「同性戀者」，就只是剛好討厭那個人而已。雖說討厭某個人，但沒必要把與那個人有相同特性的人全部都拿來詛咒。要是一那麼做了，這個行為就很容易陷入歧視或騷擾的窘境。討厭某個人的時候，「就只是討厭那個人而已」這樣就好。

「不要要求別人也一起討厭那個人」，這也是「討厭的規矩」之一。

就算自己討厭那個人，所有人未必也要跟著一起討厭那人。雖說其他人也討厭自己討厭的人，是會蠻開心的，而且也會鬆一口氣，但千萬不要為此做到去說對方壞話或傳謠言或「想讓其他人討厭」那個人。這樣做或許只是滿足一時間的報復心理，但卻是讓「容易生存的社會」變得遙遠的舉動。

「不要為了誇讚什麼，而去討厭某樣東西。」「不用因為自己討厭的東西，而去討厭喜歡的人。」去找尋剛剛好的討厭方式，是為了不對他人做出徒勞無功的詛咒。詛咒有時也會回到自己身上，要是用嚴厲的言詞否定他人，那樣的言詞也會成為規範束縛住自己。

＊

如果是家人的話、如果是夫妻的話、如果是朋友的話、如果是社會人的話、如果是女兒或兒子的話、如果是父母的話、如果是男人的話女人的話、如果是〇〇人的話，要是擁有某種特徵，就必須這樣做的這種規範有很多。與自己人生無關的他人，從遠處來擅自評估自己的人生，為了嘲笑自己還跑去大肆張揚規範的話，那種行為除了「咒罵話語」之外，沒有別的可能。

是否有被某種規範的話語咒罵、詛咒而感到痛苦呢？是否用規範束縛住自己與和自己不合的對象勉強相處呢？人生不管哪個時間點，都被容許卸下重擔。要是疲於打開行李。疲於與人相處，挑部好電影去看也不錯。當然，這不是為了要與誰用知識論勝負，而是為了自己作文章。

神啊，
我今天也很努力，
希望明天也能
平順地度過。
1.

希望可以輕鬆去喝酒作樂，
朋友也能始終如一的對我。
2.

希望我能知道大家
都各自有自己的難處，
不是只有我，
這樣能讓我放心一些。
3.

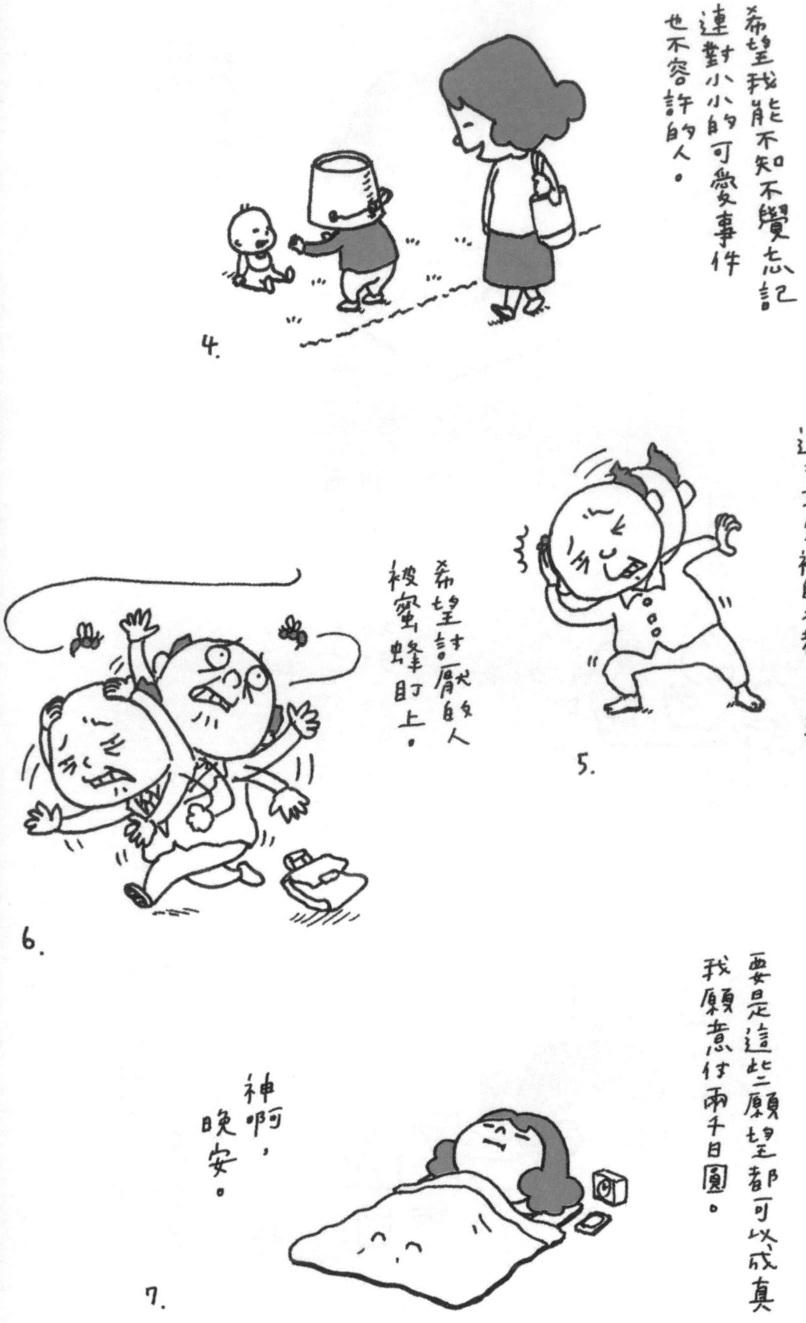
希望我能不知不覺忘記
連對小小的可愛事件
也不容許的人。
4.
希望討厭的人
眼睛裡跑進垃圾，
進去耳朵裡的水都出不來。
5.
希望討厭的人
被蜜蜂盯上。
6.
要是這些願望都可以成真
我願意付兩千日圓。
神啊，
晚安。
7.

對健康電玩覺醒

我一直深信「我討厭運動」。不過回想過往，運動本身為我帶來相當的樂趣，雖然不是什麼了不起的事，但卻還是有很多至今仍然記得的場景。

第一次滑冰，在學會煞車前先學會加速，每次要停卜來時都要猛撞牆壁。

我記得在兒童館舉行的地區桌球大賽中拿下優勝。

小學時，跟其他男孩一起去在地的流水游泳池，我們一邊喊著「水不要流到我們旁邊！」，一邊逆著水流游泳，結果被救生員罵。

每次跟童軍團登山時，總是跟大家一起吃超大飯糰。

跟學音樂的同學去打籃球時，偶然投進一個巧妙的遠距離投籃，受到同學「那個傢伙……會打球喔！」這樣尊敬的眼神。

跟廣播社的校友打棒球時，全打席都擊出安打。不知道為什麼就只有那個時候可以把球打到喜歡的方向。

大學社團對抗棒球賽時，我對落語*研究會的女孩丟了觸身球，落語研究會的社員們激動抗議。

即使是回憶起這些細節場景，還是會忍不住「呵呵」地笑出來。比起想到悲劇的往事趴在棉被上，這種回憶健康好幾倍吧。有運動經驗的人，像這樣會讓人「呵呵」的過去畫面應該有很多吧。好羨慕喔。

*

我享受運動，卻不太能夠「喜歡運動」。毋寧說是被不擅長運動的意識纏住。這是為什麼呢？

因為體育或社團活動、體表會或馬拉松大賽等，有義務不得不參加的印象實在太糟糕了吧。小時候的體育等，就是明顯表現出體格和體力的差異，對於「什麼都不行的傢伙」的打壓和嘲笑非常嚴重，而我偏偏就是絕對的「什麼都不行的傢伙」。

我在同學中體型大概是第三胖的，跑不快，力氣也小，吵架也弱，因而持續遭到運動社團成員的欺負。

比起快樂的回憶，痛苦的回憶完全勝出，這讓我對運動敬而遠之。

開始覺得「還蠻喜歡」動一動的，是在念大學之後，大學校園內有健身房，裡頭有各式各樣訓練設備和游泳池等。我想說既然難得有這些設備，那就嘗試默默地跑跑看，結果感覺非常舒服。咦，跑步這件事竟然這麼開心啊！我之前還以為只有痛苦。我自己一面感到驚訝，一面跑到跑不動為止，徹底釋放汗水。

按照自己的時間，自己想要跑步，按照自己的步調，跑到自己覺得差不多了。我一邊想著「喔，什麼嘛，運動原來感覺這麼好喔」，一邊感覺過去深信自己討厭運動實在是太不值得了。

在學校等地方，集體教學的其中一環，就是「男生要跑幾圈」或「馬拉松大賽全部的人都要跑十公里」之類規定好的事情。因為是遵從老師的指示運動，自己的意志並不被尊重。相當難得到「自己運動的喜悅」。

享受運動的方式。回顧我過去竟然沒能學會這個單純的能力而感到「啊……太划不來了」。

＊編注：落語是日本的一種傳統表演藝術。

運動的重要性、釋放壓力的方式、熱中於什麼事情時調查必要資訊的方式，我領悟到自己的身體沒有銘刻下這些東西。

要享受人生是有訣竅的，你有享受人生的權利。而世界其實還挺有趣的，如果有人能再早一點告訴我這樣的思考方式該有多好，過去的事多說也無益了。要是能結交到告訴自己這件事的朋友很值得開心，根據需要，能告訴誰的話也很棒。

*

但我卻變胖了，確實胖了。

某個時期因為不健康的激烈減肥而反彈，體重一下子增加。我想是因為身體要一口氣將不夠的營養補足的緣故，肚子周圍像是游泳圈般長著肥肉，臉也浮腫了起來。

體型的變化先不說，身體狀況變差才真的是問題。以前穿得下的衣服都穿不進去了，這也很浪費，但要我注意運動或飲食我又覺得麻煩。

一定要去運動……嗯。

明天再開始去……嗯。

一定要去運動……嗯。

但好麻煩喔……嗯。

一邊想著這些，暫時持續了一段什麼都沒做的日子。

在那段時間中，我讀了介紹肌肉訓練有趣的漫畫。哪邊怎麼動，就會訓練到哪裡的肌肉，要有意識的攝取哪種營養才好。這些不是教條式的傳達「去運動」的訊息，而是以理論方式讓人理解運動的方法和效果，讀起來很愉快。

另外我還找到了一個APP，只要輸入「咖哩飯」、「鯖魚味噌煮」等當天吃下的菜色，就能計算出哪種營養是否均衡。也能處理「Pocky」、「可口可樂」、「7－11的雞肉沙拉」這種很精準的食物，非常方便。

那個APP中也有記錄運動的項目，藉由設定目標體重，會以數字顯示一天要攝取多少卡路里比較好，要做多少運動才能消耗掉熱量。啊！我覺得這真的是為我設計的。

一旦開始記錄之後，就產生了很好理解的變化。為了改善攝取營養等的參數，開始注意吃下去的東西，運動量也增加，只要定下目標體重和體脂率，每天的變化就會用圖表表示。自己的行動用數字呈現，因此可以維持動機。

回頭看我之前真的是太不健康了。早餐吃能量補充食品CalorieMate，中午吃兩個巧克力派，晚上是咖哩，宵夜還是兩個巧克力派。以前我曾誇口說「自己是吃不胖的體質」，但你這傢伙是在說什麼鬼？你以前這種飲食習慣是有打算要活下去嗎？

多虧有APP讓我的生活不一樣。就我自己的角度覺得像是在玩好玩的電玩。為了養成自己這個角色，要累積經驗值，把適當的裝備穿在身上，那就是運動和飲食。等級上升的指標，就是數值化的體重和體脂率。漸漸地我感覺比起記錄運動和飲食，我是為了提升等級而活下去。

有段時間我很瘋「寶可夢GO（Pokémon GO）」，為了收集寶可夢要到處走，就結果來說做了適當的運動。這次的感覺也很相近，玩電玩結果也變健康了，這是容易理解的「遊戲化」。使用電玩遊戲的結構來溝通，自然就能促進改善問題。

「尤里卡！＊（找到你囉！）」

＊

最近在YouTube上，也大量上傳了瑜珈或伸展運動、肌肉訓練及有氧運動的指南影片。

我非常不擅長要「往返」某個地方，因此總是猶豫不決，但只要有瑜珈墊和網路，就能在家做簡單的徒手訓練。

我原本就有健腹輪，為了更有效率做伏地挺身，又買了伏地挺身輔助器，還特意買了可以鍛鍊胸肌和背肌的彈力帶。啞鈴的話，心情上覺得會浪費，所以我常備裝滿兩公升水的保特瓶水。早上起床後就先做體操，簡單工作完成後，會做簡單的運動，然後淋浴後午餐。睡前也會做簡單的運動或伸展，煞費苦心做到這樣，飲食也想更有效率。

如果減少進餐次數，好像脂肪會反過來更容易堆積，據說運動員都將餐點分成四、五次少量多餐。我因為是自由工作者，時間很自由，那麼就來嘗試看看吧！

肌肉需要蛋白質，因此雞肉、豆類、雞蛋不可少。用APP記錄的話，就會更想確保蛋白質的攝取，嗯……不知不覺就買了。我在唐吉訶德買了好入口的乳清蛋白粉，為了確實攝取蕈菇類，我吃發酵食品，濃縮所有營養素的果乾搭配上無糖優格完美結合。為了消除疲勞，也要補充氨基酸，適量的醣質還是有必要的。這樣說來，今天就吃這個和這個，避免喝酒。

＊編注：尤里卡（ユリイカ，Eureka）一詞源自希臘，用以表達發現某件事物、真相時的感嘆詞。

這樣那樣開始考慮效率這件事，用餐變得輕鬆了。去思考今天要吃什麼，是在減少「不習慣決定」生存類型。

冰箱中也呈現以效率為最高原則的陣容，雞肉沙拉、雞蛋、優格、豆腐、納豆、冷凍蔬菜等被整齊排列到會讓人驚呼「你餐飲業者啊！」的程度。啊，多麼機能美啊！

四、五餐當中的三餐幾乎是固定菜單。我不擅長思考菜色，並且對於吃固定菜色不會厭煩的我來說，這是輕鬆簡單的。我幾乎沒有真正下廚，但會把這個和那個用微波爐加熱，簡單調味後吞下肚。

反正都做到這樣了，就希望學會更多、更確實運動。我會在泡澡時看一個經營肌肉談義這個頻道的YouTuber上傳的影片，也很尊敬中山肌肉君。每次站在鏡子前，就會開始想東想西，一下覺得這邊的肌肉要更大、這邊的脂肪要拿掉之類的。嗯，乾脆去健身房好了，在自家進行徒手訓練還是有極限。

因此，我突然驚覺。

做太多危險！

肌肉是一種魔物。一旦進化到要上健身房，大概美的價值觀也改變了。有肌肉的人是一種美好，流行趨勢也開始重視肌肉。藝人受到歡迎後，也開始勤上健身房，突然這變成是一種健康指標。不，這一點也沒有不好，應該說是對健康好是好的。但，這太常見了。

我並非想要變得健美，不過就是想要管理我的身體狀況。理想的狀態是保持在外型瘦卻有肌肉線條的「文化系男子」範圍內，我必須注意不要做過頭了，因為我並沒有以什麼為目標，而是在享受的範圍實行。

相反的，有時也會有「啊，今天運動偷懶！」這樣自我苛責的自責感。當憂鬱來襲臥床不起時，無法工作、不能外出、連運動也不行，會讓我自責的素材增加了。不行不行，這不過就是電玩遊戲，必須要讓自己想起我是為了享樂才會去做的。

在這樣想著想著之間，我買了新的遊戲機「任天堂SWITCH」。電玩式的快樂靠這個已經可以滿足，運動量在瞬間爆減，工作嘛也是我行我素，所謂恰到好處的生活方式，其實很難。

對健康電玩覺醒

二〇××年，
國民被要求要盡
「恰到好處運動」的義務。
1.

每天的運動量
會被記錄器管理。
2.

一切
都是為了健康
違反者會被帶往
國營健身房。
3.

不運動的人，
會以「褻瀆健康」為由
遭受歧視。
聽說她先生
運動不足！
唉呀真糟糕！
4.

5.

討厭運動的人們反覆提出「人有不運動的自由」的主張。

6.

部分「不健康原理主義者」開始策劃運動設施破壞工作。

7.

無奈因為大家都不運動，所以馬上就被逮了。

人生必須要去的地方

在這個世界上，我具體「想去的地方」有好幾個，這跟「我想去看看的地方」稍有一點不同。

對我來說「想去看看的地方」，像是智利的復活節島啊、厄瓜多的加拉巴哥群島啊、美國大峽谷啊，或是祕魯的馬丘比丘，光是想像在那些地方自由自在的自己就很開心，也會覺得人生中一定要有一次親眼看看「那裡的風景」。不過，這些就是宛如無所事事作夢般的想法，像是「如果有錢有閒，我就能環遊世界」，或是「如果有『任意門』我就可以去了」這類想法。

「想去的地方」不同，彷彿已經有具體排序等待著的畫面，不管怎樣都想要去的地方，總有一天一定要去的地方。會想去起心動念的原因有各種情況，可能是因為電影動畫或是某本印刷刊物等，對我而言，那是從行前就已經開始產生意義的地方。實際上，為了造訪這個地方，必須要事先調查或準備。

要先尋找投宿地點、查詢飛機和鐵路的轉乘方式、確認車站或機場的名稱、計算時間分配等；

為了打包衣服，得調查當地的氣候是熱是冷，是否需要攜帶雨具等這類事情都必須先確認。當然，難得都去旅行了，也要搜尋在地靈魂料理或觀光景點，關於當地的打招呼方式和歷史也要去了解。

並且，去到當地，要用身體體會那個國家。當地有多暖、氣味、街道的顏色、滋味、人的距離感，超過書本和看見的影像資訊量彼此交錯，刻劃出深刻的體驗。

這樣的地方與其說是當作回憶回顧，其實是不想忘懷的記憶。「我想去」這樣的地方。

因此，好不容易拿到的休假，結果我還是「跑到很遠的地方去採訪」。或許別人看來會覺得「那也算是休假嗎？」，但是與其說是工作，我倒強烈感覺是我要去人生必須要去的地方。

＊

位在波蘭的奧斯威辛集中營，是其中一個「想去的地方」。納粹德國進行的或是過去人類進行的非人道歷史，刻印在我的身體。所以我決定使用二〇一七年度的休假，造訪德國和波蘭。

關於納粹德國，我在廣播節目中常常提到。在德國，有許多像是歐洲受害猶太人紀念碑和薩克森豪森集中營這樣的設施。此外，步道旁到處都埋著刻上被納粹德國殺害的犧牲者姓名的紀念板。

「我想利用休假去奧斯威辛。」當我這樣告訴廣播節目的工作人員，他們馬上就跟我說：

「我會先去查詢在奧斯威辛唯一一位日本人導遊中谷剛先生的聯絡方式，要不要先跟他預約？」

預約好之後，我先從中谷剛先生的書開始，熟讀與大屠殺相關的書籍。

所謂的大屠殺，指的是第二次世界大戰開始之後，納粹德國對猶太人等民族進行大規模的屠殺。雖然被認定超過六百萬以上的猶太人遭到屠殺，但正確的數字恐怕永遠也不會有答案吧。此外，受到迫害、屠殺的不只是猶太人，包括身障者、同性戀者、羅姆人（以前被稱作吉普賽人）以及戰爭俘虜、政治犯等，他們被剝奪人權，奪去生命。

在進行大屠殺時，德國在佔領的各地開始建造集中營，在波蘭大概就曾建造了六個滅絕營。集中營以強制勞動為目的，滅絕營則以大量屠殺為目的，但即使在集中營內，也會因為飢餓或疾病、拷打、行刑等造成很多人死亡。

奧斯威辛是德國佔領下在波蘭第一個設立的集中營，新設施建設完成後，也成為滅絕營，是所有集中營當中規模最大的。

訪歐前夕，因為克里斯多福．諾蘭導演執導的電影《敦克爾克大行動》公開上映，讓我更想要了解第二次世界大戰下的歐洲情況。另一方面，日本的政治人物和知名人士從以前就對納粹或大屠殺完全不理解，對於那個時期的發言屢次失當，去訪問時才即時去了解來龍去脈，這實在是很可悲。

九月的波蘭已經有點涼意，由於位於比北海道更北端的位置，太陽下山後，就必須要穿上羽絨外套。

位在距離克拉科夫差不多兩小時車程的奧斯威辛，那裡有奧斯威辛集中營。波蘭政府在一九四七年決議以博物館的形式，永久保存集中營遺跡。

過中午，我和中谷先生約在博物館入口處會合，周圍同樣是期待中谷先生導覽的日本人，差不多有二十人左右聚集在一起。據說所有人都是直接用電子郵件跟中谷先生取得聯絡，希望中谷先生導覽。

中谷先生在波蘭居住並擔任導覽超過二十年時間。知道他的存在，希望有日文導覽的日本人近年增加不少。不用波蘭話或英語，而是能得到日文介紹真的是很值得感激的，我們隨著中谷先生的導覽，要去參觀奧斯威辛第一集中營、比克瑙第二集中營。

中谷先生青絲交雜著白髮，是很沉穩的長相，眼鏡下知性的雙眼閃耀著光芒，他緩慢而仔細地向旅客解說，音質也是非常沉穩，但他一邊輕描淡寫傳達出事實，一邊夾雜與現在局勢產生連結的三言兩語。因此，並不是要以「過去發生的悲慘事件」與自己切割，而是透過他的介紹，希望大家思考這對現在的日本人而言也是接壤的事件。

＊

——首先就從入口開始介紹吧。入口是寫著「ARBEIT MACHT FREI」的大門，這句話翻成日文是「勞動帶來自由」。不過，實際上就算勞動被認可，也沒人因此獲釋。

即使是現在，這個大門的兩側還有兩道鐵柵欄，那邊當時通電四百伏特的電流，因此在這個集中營存在的四年七個月之間，幾乎沒人能成功逃脫。

或許有人會覺得很不可思議，為什麼奧斯威辛是位在波蘭呢？剛剛看到的口號也是德文，奧斯威辛（Auschwitz）也是德文，這是因為戰爭中德國佔領了波蘭所致。各位，我在搜尋這個城鎮時，想說要以「O wi cim（波蘭文）」來查詢，但對於佔領此處的德國來說，這發音太難了，因此才就此將名稱改為奧斯威辛（Auschwitz）呢——

中谷先生從設施的設計，到囚犯們的生活狀況、被屠殺的樣子都仔細說明。設施內有大屠殺的歷史背景的油畫和記錄文書，以倖存者們的證詞為基礎畫出的插畫，以及稀少的相片，還有一些實際物品的展示。

有非常多的猶太人等從歐洲各處在沒吃沒喝的狀態下，搭乘連廁所也沒有的列車被送到這來，許多人在途中就已筋疲力盡。《安妮日記》的安妮法蘭克就是搭乘設備惡劣的列車，被送到奧斯威辛。

按抵達順序，會先由集中營醫師等進行「篩選」，七十五%的人會因為無法勞動而被送到煤氣室殺掉。未滿十四歲的孩子，因為會吵鬧很麻煩，也會和母親一起被殺掉。

博物管理展示著很多日用品等，像是眼鏡、披肩、鞋子、鍋子、盤子、刷子、義肢，還有很多皮箱。被收容的人們沒能自己打開皮箱。堆積如山的鞋子當中，有好幾雙非常小的鞋子，那是不到十歲的孩子的鞋子。穿著這些鞋子的孩子們，也跟母親一起被殺害了。

收容人不分男女都會被剃掉頭髮。在煤氣室被殺掉的女性頭髮也會被取下，裝在袋子裡拿去賣掉。要拿來做紡織品或西裝的襯布等材料。

囚犯編號會被刺青在收容人的身上。沒有個人姓名，只用編號稱呼。身上穿著藍白條紋的囚犯裝，這樣就算逃跑也能馬上被發現。鞋子則是難以行走的木靴。

囚犯裝的胸口除了囚犯編號外，還會縫上有顏色的記號。縫上P代表的是波蘭人，T是捷克人、黑色三角形中有個Z是吉普賽人，粉紅色是同性戀者等等。用不同顏色的記號分別，卻讓大家龍蛇雜處住在同一個地方，這是為了要讓收容人之間鬥爭，以免產生夥伴意識。

素描當中，有描繪胖的收容人用鞭子鞭打瘦的收容人的樣子。集中營裡的人們，一天被迫工作十二小時以上，得到的糧食是最低限度。在嚴峻的生活中，集中營的能夠活著的期間大概是兩、三個月左右。

其中生存下來、得到看守工作的人，會以順服納粹的馬前卒般行動。看守的人可以獨佔配給的糧食，徹底實行分割統治。煤氣室裡的屠殺，也是讓猶太人來執行。

*

因為大屠殺受到迫害的人們，無論財產、居所、尊嚴、姓名、性命、就連最後的存在也被消除。為了不讓這些從歷史上被抹滅，許多研究者們致力面對，導覽的中谷先生也發揮了連結歷史的職責。

大屠殺並不是希特勒一個人的獨斷獨行。並且重要的是，那也不是納粹為所欲為開始的。

原本反猶太主義就長期存在於德國。第一次世界大戰後，在德國國內的不滿日益升高的氣氛下，「都是因為猶太人這些非國民的關係，讓德國戰敗」這樣的理論開始滲透。

接著，有一個歷史終於被修正，內容是「德國在戰場上奮戰，卻因背後被捅一刀而敗北」。

也就是說，納粹並不是排斥猶太人等的始作俑者，仇恨理論和竄改歷史主義蔓延，才是導致納粹抬頭的原因。

納粹成立政黨是在一九二〇年。他們主張「只有有德國血統的人」才是同胞，其他就加以排除。套用現代的說法，就是「德國人第一主義」與「排外主義」的組合。從那裡開始，掠奪猶太人的財產、限制權利的政治，一個接著一個達成。

——仇恨言論要是就在街頭巷尾，我們現在會站在距離大屠殺多遠的地方呢？知道這些事情的判斷基準是必要的，那才是了解歷史——。

中谷先生在導覽的空檔講的話，無論何者都意義深遠，確實也提供現代思考的立足點。經歷這趟訪歐之旅，我對於身邊的歧視及歷史的蒙蔽，有了正面面對的「覺悟」，這樣的想法在自己腦海中成形。

在中谷先生的書《將大屠殺傳達給下一代》（ホロコーストを次世代に伝える，暫譯）中，記錄下在奧斯威辛倖存、長年擔任博物館館長的Kazimierz Smolen先生的言論，他說：「你們不必為戰爭負責，但你們有不讓戰爭再發生的責任。」可以感覺到，這次是一趟把這句話確實銘刻在我身體的旅行。

蛀牙很討厭吧！
害怕蛀牙吧！
憎恨蛀牙吧！
如果這樣做
就不會
蛀牙！

1.

醫師，
我的牙齒好痛。
唉呀，蛀牙很嚴重，
這只能拔掉了。

2.

為什麼你會蛀牙呢？
你有好好去憎恨蛀牙嗎？
……有……

3.

大家都有充分告訴我
「蛀牙有多痛」、
「蛀牙有多可怕」。
4.
但卻沒有人教我
「蛀牙到底是什麼」、
「要怎麼做才不會蛀牙」。
5.
或許真是如此呢。
說不定需要
「刷牙指導員」。
6.
不對，不過首先還是
要從憎恨蛀牙開始
不是嗎？
我認為應該
先從知識開始。
7.

到處漫步，聽人說話

二〇一七年的年底，我是在韓國首爾度過的。我利用年底的連假去旅行。出發前一個月，廣播節目的工作人員送了我生日禮物，那是職業等級的錄音筆。「用這個隨時都能採訪了吻」，製作人這麼跟我說。送禮物的和收禮物的人需求可以一致到這種程度，也是很稀奇。

我當時就是那種「不放過休假的資訊輸入男」。既然要去旅行，就想去可以學到東西的地方；要看書，有幫助的書就優先。不當社畜當個畜，不知道怎麼分辨開和關。

我一直以這樣的狀態活著，但到底因為年齡增長和生病，我開始意識到健康就是資產，體力是有限的。難得的休假，對工作抱持的義務感反而造成磨損就不好了。

＊編注：《地球的走法》（地球の歩き方）為日本首屈一指的自助旅行指南品牌。

因此我想出來的，是帶著《地球的走法》*這個方法。我完完全全是旅行者，這不是採訪之旅。你看你看，我這不是拿著《地球的走法》嗎？這才是去旅行的根據。或許這根本當不了什麼證明，但即使如此，這是符合我自己的免罪符。

我搭乘早班飛機幾個小時就抵達韓國，好近！我馬上進到飯店辦入住手續，打開《地球的走法》刊載的地圖。不那麼遠的首爾市內有什麼呢？嗯，有戰爭紀念館啊，去看看吧。嗯嗯，安重根義士紀念館，原來有這種地方啊。這樣說來首爾這裡，在日本大使館前面有慰安婦少女像，這一定要去啊。原本擔任慰安婦女性共同生活的分享之家（日軍「慰安婦」歷史館）也不能不去，想要學習的欲望一個接一個湧出。這些陣容完全不符合放假的印象，但如此這般為了「求知」這個體驗而感到歡欣雀躍的，卻是我自己啊。

*

安重根。在日本教科書中輕輕觸碰的程度，除了他是「暗殺伊藤博文的人」之外，就什麼都不知道了。儘管如此，他在日本宛如恐怖分子，而在韓國應該很容易被描寫成一位為了國家獨立而犧牲生命的英雄。

在安重根義士紀念館的展示中，不只說明他的出身和時代背景，也設置關於「伊藤罪狀」

的說明，以及重現暗殺場景及之後審判狀況的蠟像。伊藤是壓迫者，安重根是反抗者，這是多麼大的差距。關於歷史的詮釋，因為立場不同就會有很大變化，這一點我很清楚。

如此說來，伊藤博文原本也和尊王攘夷運動和火燒英國領事館事件相關。從美國或英國的角度來看，評價似乎也會差很多。

在紀念館中，我偶然被一位韓國女性叫住，她問我：「你從哪裡來？」我告訴她我是日本人，她看起來好像有點不好意思說：「喔……抱歉。」嗯，我懂的呦，那種尷尬。不過無所謂啊，我們又不是自己國家的代表，不用在意也沒關係啊。

一問之下才知道，即使在韓國，關於安重根，教科書上似乎也只是輕輕帶過，她來紀念館之前，幾乎不太了解安重根的事。「應該要更了解彼此呢」，我們這樣交談後，就和這位女性道別。能有這番對話交流，還得感謝建設紀念館本身呢。

講到尷尬，從機場搭乘鐵路移動到市區時，車廂內播放廣告的電視螢幕上，都在播放強調「獨島是韓國領土」的影片。這個影片之後，就播放平昌奧運的宣傳影片。我一邊想著「呃，多麼讓人尷尬」，看到這個景象卻也讓我想起去北海道的事。

在北海道，各式各樣的公共設施上被標記「歸還北方領土」的訊息。我想看到那個的俄羅斯人之中，應該同樣有覺得「呃，尷尬了」的人吧。

另一方面，在首爾市內，無論在機場或在電車上，到處都設置日語標示和語音導覽。完全看不懂韓文的我，也能靠著英語標示和日文標示，毫無障礙的轉乘鐵道。政治層級的事情另當別論，但配合著人的往來，「習慣多元化」或許無論在哪個國家都相同。

*

參觀完紀念館，我徒步走到日本大使館。在大使館前，有著我在肖像或畫像中看到無數次的慰安婦少女像。通過少女像前面，韓國年輕人就會發出抗議聲。

我向其中一位學生搭話，沒想到她竟說「我會講日文」。她姓趙，根據這位趙小姐的說法，他們是同屬校際運動對抗社團的大學生，他們看到日韓在慰安婦協議的本質上有問題，於是組成思考歷史問題的社團。

她們是這樣說的。關於針對慰安婦問題抗議，是因為要批判「帝國主義」和「殖民地主義」，並不是為了批判「日本」這個國家本身。原本慰安婦制度就是基於軍事理由，將女性人權視為無物，她們現在更看到透過「政治上的協議」這種形式，讓相同結構重覆的問題。正因為如此，不只對日本政府，她們對進行協議的朴槿惠政權與在背後推動的美國，都要出聲反對。

所謂的慰安婦，指的是一九三二年到一九四五年之間，在日本陸海軍為了進行性處理所設置的設施「慰安所」中工作的女性們。慰安所是為了防止強姦（抑制反日情緒）、預防性病、提供慰安、防諜等目的而打造。因為軍事日的被設立的另一方面，卻存在著缺乏人道觀點的問題，在那裡工作的女性，大多都處於被剝奪各種自由的狀態。

目前，日本的技能實習制度和JK經濟*受到國際間批判的部分，包括限制「勞工」各式各樣的自由，以及讓應該被保護的未成年人從事性勞動。這樣的狀態被批評為「奴隸狀態」，而舊日本軍的慰安婦制度，也是侵害許多自由的「性奴隸狀態」而受到責難。

慰安婦開始被視作問題提出，是在九〇年代以後，歷史研究及人權研究大幅前進，處理的人對問題的認知或許各有不同。但如今慰安婦已經被定位在「戰爭性暴力」問題上，經歷過戰爭性暴力的國家不少，為了解決這些問題，各國的歷史學家和女權主義者等正互相連結著手這個問題。

在電視新聞中看到這個問題，不知不覺都會從「日本方面」的立場，以看著「韓國的動向會怎麼想」這個方向去思考，但這並非「國與國」的問題。某個歷史上的侵害人權是怎麼糾正

---

*編注：JK為「女高中生（joshi kosei）」的縮寫。「JK經濟」則是意指有償提供女高中生近距離接觸服務的商業模式。

的？為了跳脫「現在的歸屬」去思考，我感覺到處遊走、聽取意見是很重要的。

＊

第二天，這是出發前唯一預約的行程，是繞行「DMZ」的旅行。所謂的DMZ，是「demilitarized zone」的縮寫，是韓國與北韓之間非武裝地帶的意思。開城工業區和板門店等位在軍事邊境周邊的設施，各個都成為新聞舞台，造訪前一刻也是剛發生北韓士兵脫北的事件。

旅行團除了可以看到成為地雷場的邊境線附近外，還能進入觀看北韓挖掘通到韓國國土境內的地下隧道內部。只要造訪這些地區，就能體驗到韓國現在處於「休戰狀態」，還不到「終戰」的程度。

韓國雖採徵兵制，但長約兩年的服役時間與薪水太少等已經變成政治問題，隨著文在寅政權上台，修正這些問題的議論備受注目。二〇一七年當時的薪水，以剛入伍的二等兵來說，一個月約一萬七仟日圓（約四千八百元台幣），低得讓人驚訝。徵兵不但會影響青春年華的生活以及職涯，對有小孩的父母來說，也是埋下擔心的種子。

導遊鄭先生向我說明了徵兵在成為韓國社會安全保障問題的同時，也成為周遭生活的問題。他如是說道：

「抵達軍事檢查哨後會檢查各位的護照，屆時請大家看看確認護照的軍人的臉。你們就會發現他們都差不多是大學生的年紀，稚嫩的臉。我兒子明年也要接受健康檢查，明明是最能有一番作為的時期，卻必須被徵兵。」

從對日常生活和經濟活動的影響，據說要求縮小徵兵制及採用志願役的人不在少數。戰爭與軍事上的緊張，對於人們生活的細節造成了多大的影響啊。

從DMZ返回首爾後，我們去吃烤肉、喝酒。餐廳老闆招待我們啤酒和燒酒，我被勸酒，那個酒異常好喝，我們開了好幾瓶。

飽嚐各式各樣的酒後回到飯店，飯店人員一臉抱歉地告知我們「飯店整體的暖氣和淋浴設備都壞了」。呃……烤肉那些個味道牢牢黏在身上的狀態下還不能淋浴洗澡嗎？而且我還從骨子裡發冷。冬天的首爾比起東京大約少了十度左右，最低溫也會在零度以下。「請用這個代替」，飯店人員交給我電暖爐。

沒洗澡，開著電暖爐，穿著厚厚的衣服就寢，幾小時後，我因為大汗淋漓而醒了過來。窩喔喔喔，好熱啊啊啊啊！一看房間裡準備的溫度計，竟然三十五度！為什麼我房間的暖氣好像沒壞掉，簡直像是耐熱大賽整個變暖起來。因為吃了韓國泡菜和大蒜、酒也喝很多之後直接睡覺，出汗量十分驚人。別說受凍了，根本就變成脫水症狀。慌忙之下我開了窗戶，但室內外氣溫差距四十度以上。還好我竟然沒有熱休克。

*

第三天，向其他飯店借了淋浴設備後，我就造訪抵達韓國後同時聯絡的分享之家。參觀了日本軍「慰安婦」歷史館之後，我訪談了在這裡工作近十年的日本志工。

有很多從日本來的參訪者，但二〇一五年的日韓協議之後就減少了。媒體報導中，常見擷取部分發言惡意扭曲的報導。有時右翼團體會威脅或傳來歧視性的電子郵件或信件，直到現在都還得持續面對責難的聲音，這個實際狀態我非常了解。

相反的，也有多愁善感的年輕人說出「我代替日本政府道歉」，對於這樣的年輕人，曾當過慰安婦的女性則是回應「那不是你做的啊」。此外，也有原本站在「否定論」立場的右翼學生，實際與當過慰安婦的女性交談之後，改變想法成為律師這樣的報告等等，也是能聽到導覽歷史的工作中感到最有意義的場面。

在旅遊地點與許多導覽的人相遇，每一次受到啟發。好好走、好好吃、好好聽，這麼做讓體驗成為我的養分，世界更為開闊。

到處漫步，聽人說話

我是魔鬼參，還是學生，
正在世界旅行。
1.

因為爺爺是魔鬼之島出身，
所以我聽說了很多
魔鬼之島的事。
我們魔鬼
以前做了什麼，
又被怎麼對待，
我都很有興趣
2.

有些在各種立場的人，
各自有不同
的說法。
3.

我在旅行時交到了
大野狼這個朋友，
他也是為了探索
「身為大野狼的自己」
而展開旅行。
4.
我們因為是「壞人」，
所以吃個青菜什麼的
就會讓人嚇一跳。
我懂！。
我也絕對
都會被問
「你的鐵棒呢？」
5.
世界改變的部分
和不變的部分。
在那其中
各自探索未來。
6.
日前他寄了
禮物給我，
是魔鬼的內褲……。
與世界的對話
還不夠。
7.

計程車與人生

我在孩提時代，非常害怕搭乘交通工具。

老家沒有買車，所以我在自己尚未習慣「乘車」這個體驗時，就變成了小學生。一進入小學，遠足啊、社會科參訪、森林夏令營啊、畢業旅行啊，搭乘巴士出門的活動遽增。

搭乘巴士。沒有比這更讓我鬱悶的了。我的身體對巴士太過排斥，向巴士靠近一步，我光是踏進巴士就會感覺想吐。對於巴士上獨特的縈繞在鼻腔、讓我呼吸困難的暖氣，我感到很害怕。

我原本就沒有朋友，所以從決定座位的階段就無力。當知道「巴士瓦斯爆炸」這個繞口令時，出發前我是認真希望能變成這樣該有多好。

高中時我曾前往美國德克薩斯短期留學，在那裡也好幾次搭乘巴士，每次都很不舒服。當我向當地的巴士駕駛說「喔，我要吐了、我要吐了、又來」時，對方都會浮現出同情的笑容，我還記得我的肚子被輕撫，那是人生第一次「活用英文」的瞬間，雖然身體狀況已經瀕死。

暈車的次數在我人生中超過一百次了吧。就連搭電車移動時，我也有感到不舒服的時期，想到那時只浮現出消極的情緒。

人在痛苦時，只能說出單純的詞彙，像是「我不行了」、「好難過」、「好痛苦」、「水，給我水」之類的，所以我在巴士上，大概只能坐在保健老師的隔壁或前方，佔據兩個座位邊躺著邊聽班上同學炒熱氣氛的聲音。要是參加校外教學可以採選擇制的話，我一定會選擇蹺課。

即使是這樣的自己，我還是考到駕照，反覆開車之後，我開始享受搭乘交通工具，也相當習慣別人的駕駛了。

＊

現在因為工作的關係，每天都搭乘計程車，因為廣播公司的工作一直到深夜才能回家，那時已經沒有電車可搭了。

計程車駕駛也是什麼樣的人都有，喜歡講話的、沉默的、老手、新人。我喜歡不特別愛說話，對路很熟，開車很穩的駕駛。我在工作與工作之間搭車的機會很多，所以我也享受在短暫的乘車時間休息的感覺。

在採訪地點跟駕駛聊天也很有趣。我去廣島時，去程的駕駛是原爆受害者，回程是原爆受害者第二代，雖然很短暫，但能聽到人生故事是非常珍貴的邂逅。歐巴馬總統誕生後，我在美國芝加哥，黑人駕駛很開心地和我聊這件事，在法國從日裔第二代的駕駛那兒聽到他父親的故事。正因為是計程車，才更覺得有趣。東京以外的廣播節目在車上用立體聲聽，也很好玩。

相反的，讓我困擾的狀況也很多。胡亂加速的人、行車距離太近的人、一有狀況馬上亂按喇叭的人。總之，我也常常遇到亂開車的駕駛，讓我身心俱疲。「猛力加速讓身體往後仰」和「猛踩煞車讓身子往前傾」，我的身體不斷前後「啪吋」猛力搖晃，要是一直這樣，我轉眼間就會暈車了。

也有一次遇上以上這些開車風格全都有的駕駛，而且嘴巴還很壞。

「現在的政治人物都是混蛋，專做笨蛋事，把人民當笨蛋，真的是混蛋」、「那輛車，還不趕快往前開，王八蛋，真的是」、「早上到新宿有個蠢女喝得爛醉要搭車，我覺得麻煩就假裝沒看到她，真是個蠢蛋對吧」、「之前載到這樣的藝人，完全不好玩，真的是混蛋」。比起句點，他夾雜更多「蛋」，幾乎所有語尾都加上了各種「蛋」。

我很不喜歡聽別人的壞話和事情，毫不掩飾的惡意在我眼前出現，我的體力會喀啦喀啦地被削弱。不管是跟朋友去喝酒也好，網路上的匿名留言也都是如此，更何況駕駛完全是陌生人，再加上計程車又是密室，自己要是說了什麼，那又會成為話題擴散出去，還必須要擺好姿態。

這種時候不管我多疲倦，都會仔細思考是不是要在半路請對方「讓我下車」比較好，但被對方發現自己的身分時，又會擔心或許會在網路上被攻擊報復。自己暗自悶悶不樂之間，身心俱疲，向朋友傳送「搭計程車好痛苦」的簡訊，唯有說出痛苦的實際情況，才會多少有得到救贖的感覺。

＊

這發生在平常回家的路線上。我附和著駕駛的話，計程車一面高速行駛，在視線不好的彎道前方有兩輛車停著，駕駛對我說：「哇，客人對不起，來不及了。」我意識到要撞上去了，便告訴他：「沒問題！沒關係！」

總算成功減速下來的計程車，緩緩追撞上前方的車子。當我正在想到底發什麼事的時候，從前方突然走過來一個滿身是血的人，夏威夷衫配上光頭。我嚇了一跳，以為「嘶，要被怒罵了！」，但那個男的卻穿越中央分隔島，從高速道路旁邊的逃生梯逃掉了。在短暫的空檔間，前車的前車也開走了。

那位男性怎麼看都應該不是因為追撞導致受傷。前車的前車突然停車，所以前車也跟著突然停下來，才會讓我搭乘的計程車追撞上去。在這時，前方的車上下來一個滿身是血的男子逃跑了，好像是這樣的狀況。這一定是黑道之間的糾紛。

計程車駕駛目瞪口呆。這樣停著車會很危險，所以我下車去和前車的駕駛說話。我問「已經報警了嗎？」，對方說還沒，既然這樣，我就趕快打電話報警。

之後，計程車駕駛請我幫忙燃燒發煙筒*，我滿臉困惑問他：「這是要怎麼用？」「那麼我來燒」，說完駕駛就把發煙筒拿在手裡，自己走過去放到道路上。也就在一轉眼之間，高速開過來的貨車碾過發煙筒，火光也消失了。因為在視線不良的彎道上，要是發生二次災害就麻煩了，沒辦法，只能跟前車的駕駛借他的發煙筒燃燒。

因為害怕追撞，將車子移動道路肩，所有人都在中央分隔島的護欄內避難。不久後，警察來了，計程車駕駛因為一直在跟公司通話，只能由我說明狀況。計程車發生的事故，怎麼讓乘

＊編注：發煙筒是日本法律規定行車必須搭載物品。當車輛在故障或遇到事故而非正常停車時，必須在車後方五十米處，擺出三角指示板和紅色發煙筒作為警示。

客這麼忙啊，不過非常情況，或許跟是乘客或是駕駛沒什麼關係了。

事故處理完畢，一下高速道路，駕駛把車停在路肩，又開始跟公司通話。由於對方的音量很大，我完全聽到了通話內容。「你已經下高速道路了嗎？你要是沒跟撞到的對方好好講清楚，會演變成賠償糾紛喔。車子的狀況呢？跟警察怎麼說？」

幾乎沒有好好應對警察的駕駛，一直向公司辯解，那通電話差不多持續二十分鐘吧。當公司問：「客人是怎麼回家的？」駕駛回答：「現在正坐在後座。」「還坐在車上嗎！」對方驚訝的聲音從手機那頭傳來。

收到公司指示，要快點送客人回家，之後再通話的駕駛，總算是把我送回家了。在路上，他一直嘆氣說：「駕照違規點數只要再一點就會被長期吊銷駕照，接下來我該怎麼辦啊？」這樣的他完全沒有擔心客人的閒情逸致了。要是自動駕駛技術能更進步，讓意外不會發生該有多好，如此一來不幸就會減少啊，我除了幻想之外什麼也辦不到。

在這件事之後，尤其當我搭乘計程車時，一定不會忘記繫上安全帶。「繫安全帶是因為我開車技術很差嗎？」也有駕駛這麼問我，讓我很驚訝。

搭計程車也有成功或失敗。每次當我舉手要攔計程車時，都會默默祈禱希望今天搭到好駕駛的車。光用看的，沒辦法了解哪輛計程車是正確答案。

雖然遇到各式各樣的麻煩，但開車很溫和、講話用字也很文雅、還會將路線提案給我這樣能讓人安心的駕駛也很多。

非常偶爾，我也是會遇到是自己廣播節目聽眾的駕駛。當我坐在後座開口講話，就被問：「這個聲音，難道您是荻上先生嗎？」一回答「是的」，對方就很熱情回應「我都聽你的廣播！」，覺得哪一集節目好聽、喜歡哪位來賓。總之，這種時候也只能不好意思了。

在那種時刻，一舉手一投足彷彿都會被測試，要看手機也猶豫，也不能打盹，只能看著窗外只是近黃昏的氣氛，做出像是「我憂國憂民」或「從街景可以看出現在這世道喔」那樣倦怠的表情，直到抵達目的地。

或者是拼命宣布節目相關軼事插曲。「未來也請繼續聽我的節目！」下車時這樣打招呼之後，踩著軟弱的步伐回家。我原本就是很怕生的。很感恩，雖然很感恩……

＊

＊

某個颱風天，搭乘的駕駛是非常仔細的人。朝目的地開去的時候，駕駛的手機響了。不會接吧，畢竟在開車中，我才剛這麼想，駕駛就對我說：「不好意思這位客人，因為有緊急情況，我可以接電話嗎？」停車之後，他開始以急迫的聲音講電話。

「〇〇君？你跟我聯絡真是太好了。因為下雨，千萬不要勉強，在遠離山坡的地方搭起帳棚避難。就算天氣穩定下來，天色沒有明亮之前都不可以下山，手機電池也省著用。請告訴我女兒要保持身體溫暖。別擔心，撐住。」

從他講電話的樣子，似乎是女兒和男朋友去登山，突然天候不良下不了山。這位男駕駛好像是精於登山的人，俐落地下完指示後掛掉電話，然後說「不好意思讓您久等了」之後，就像什麼事情都沒發生般，繼續小心開車。

東京降下記錄性大雪的那一天，剛下的雪積在高速道路上，造成非常多車輛打滑。駕駛碎碎唸說：「要是輪胎沒有做好雪天對策，就會變成那樣啊。」不過太深的積雪，那輛計程車有時也會因為雪而讓後輪蛇行。

或許察覺到我不安的表情，駕駛對我說：「很少會下這麼大的雪，不過我一定會好好把客人您送達，請抓緊。」這句話說得很爽快，但非常厲害。而這位駕駛言出必行，沒有發生任何問題，平安將我送到家。下車時也只說一句「比起平常多花了一點時間，謝謝您的搭乘」。這是多麼在世間積德的事啊。

計程車駕駛接觸到形形色色的人生，而我也從駕駛身上接觸到各式各樣的人生。

計程車與人生

—二〇四〇年—
嘿咻，麻煩到品川車站。
咦？現在這樣真稀奇耶。
欸嘿嘿，是這樣沒錯。
1.

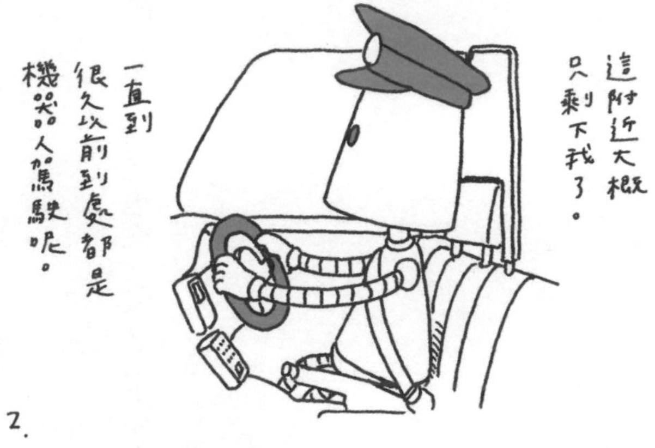
這附近大概只剩下我了。
一直到很久以前到處都是機器人駕駛呢。
2.

但，說什麼「服務都一樣很無聊」
還有「人類會沒有工作」之類的原因，機器人就全部都被開除了。
反對
反對
反對
反對
反對
反對
3.

說起來計程車
有人性還是很重要。
機器人駕駛需要
「人性特種駕照」。
4.

啊～～。
好像有聽過呢。
很難考吧？
機器人人性執照。
5.

是啊，
要接受人情講習。
不過我反而
開始覺得
人類很辛苦了。
6.

啊……那個，
不好意思，
是新橋站吧？
是品川站喔，
品川。
7.

隨處皆教材

每天，我的兒子女兒都開心玩電玩，用平板電腦熱切地看YouTuber的影片。有朝一日成為YouTuber是他們的夢想，他們也很尊敬日本第一的YouTuber——Hikakin。我告訴他們我的工作是上電視，他們回答說：「好厲害喔，這樣說不定什麼時候會有機會遇到Hikakin，爸爸你也當YouTuber該有多好。」他們不看電視綜藝節目，所以還不知道明石家秋刀魚、和田岸子。對兩個孩子來說，比起電視、廣播，Youtube是比較親近而且高尚的。

在YouTube上會看別人玩電玩的影片，影片看到飽的服務，喜歡的動漫可以從第一集開始看，可以在線上跟朋友嘻嘻哈哈的邊笑邊玩電玩遊戲。有什麼想知道的，使用語音輸入就能搜尋，暫時得到回答，這是多麼奢侈的體驗啊，好羨慕喔。即使想看一部電影，也得去錄影帶出租店，每個禮拜借一支錄影帶，這是我孩提時代的竭盡全力。

當然啦，我本身的體驗，對於沒有錄影帶的世代看來也是奢侈的。「我們自己的時代，一幕場景也想不放過，在電影院裡眼睛睜得跟盤子一樣大」，稍稍有點說教的口吻，我記得這是誰對我說過的。但是，說「習慣奢侈就不會感覺感激」之類的話，就很令我擔心。即使上了年紀，也不對年輕人運用媒介的方式嫉妒或貶抑，這是我人生的規則之一。「最近的年輕人啊」之類的話一說出口的瞬間，就變得很土了。

我的父母不買漫畫或電玩，但只要是要買書的話，他們就會付錢。這是他們的方針。或許也有對時代動向感覺的成分在。我認為接觸次文化或網路文化也是一種教養，之後就看接受這方的能力而定了。

YouTuber形形色色，有的會玩有趣的遊戲、有的表演人偶戲、有的閒話家常，或者煽動物欲、表演霸凌，或弄壞昂貴的物品之類的，要是孩子們因此學會謾罵的語彙，那我會訓誡。這和經由小說、電視或網路是一樣的。要怎麼將那些內化，端看接下來因為學了什麼而產生變化。

接觸五花八門、各式各樣文化的我，進入大學後有了很大的變化。學習關於文學或電影、媒體的相關學問，將自己接觸過的作品系統化。無論多拙劣的作品、多通俗的故事，沒有什麼東西是沒用的。「那個電玩好厲害啊！」、「我不追流行的那個，而是只做別的事情！」，這些全都是我自己的養分。

*

我小學、國中時，每天在學校被霸凌。即使如此，我沒有尋死，還能撐到義務教育結束，這是因為這個世界上有電玩遊戲。

只要回家的話，就可以玩電玩。看起來很好玩的電玩下禮拜要開賣。因為有這些快樂，即使在學校遭到霸凌，我也沒想過世界會拒絕自己就過去了。

學校對我的人生來說，到底只是候補的地方。主要的地方是回到家，打開遊戲，從握著遊戲控制器開始，像素畫的假想世界。放學時間，回到家之前依舊繼續被踢，但關上門的話，在遊戲之前就是一直線。

享受以電玩角色當作主角的漫畫，購買遊戲的攻略本和開外掛技巧的書，博覽刊載新作遊戲資訊的雜誌。讀書和搜尋東西這樣的體驗，也全是從遊戲開始的。

從歷史電玩遊戲中，我記住了戰國時代和三國志武將的名字；從格鬥遊戲中，我記住了世界地圖；從冒險遊戲中，我記住了有矮人和精靈的《魔戒》式的史詩奇幻符號，也知道次文化古典名著的存在；從遊戲的資料消失，我體會到世間的不講道理；從反派角色的行動，我學會不能容許沾染屠殺的思想。

遊戲沒讓我變得不好，遊戲的一切全都對我有好處。遊戲可以成為教養，藉由談論遊戲，可以讓人際關係變廣。遊戲讓我能養身，盡情玩（以結果來說是這樣）盡量學。被認為是無所事事的時間，並非毫無意義。

蘇格拉底責備文字的發明是懶散的技術；明治的教育者批判小說會讓年輕人犯罪。曾幾何時，印刷文字已經成了教養，現在則是漫畫和動漫被看不起。評論家大宅壯一先生批評電視（媒體）是「總人口白痴化」。

每次新的媒體一出現，就必定會遭受社會非難。經過玩電玩會讓頭腦變笨這種電玩非難，網路非難，然後移到智慧型手機非難。一百年後的人類，毫無意外地一定也會責難新的媒體。

確實新的媒體會為社會帶來新的麻煩，但因此得救的人也會有很多。凡事不能只看片面。我認為必須要從整體來看對於人類、對社會發揮怎樣的效果。

*

國二時，我的生活不得不有所改變。學生前所未有地被學校要求有加入社團活動的義務。社團活動終歸應該是被定位在自主活動的位置，要求學生有加入義務，於法無據。但以防止不正當行為為名目，那所國中強制所有學生都要參加社團活動。正是直到長大後的今天，我才了解日本的社團活動有其特殊的規矩，但當時周遭的學生沒有任何一個人有所質疑。讓人學會「這種事啊，也沒辦法」的就是學校。

當時的我啊。直到現在我也還記得當時的心情。從小學開始，我好幾次許願「希望學校被燒光光」、「那個小孩不會消失不見嗎」，但卻因為「要是犯了罪就沒辦法玩電玩了」而重新修正想法，就只天天祈禱隕石掉下來。結果因為夢想成為製作遊戲的人，夢想做喜歡的工作，將朝向長成大人的步伐重新修正得更為積極。但成為中學生，當我以為又更靠近大人一步時，卻因為要防止不正當行為被強制要求加入社團活動！一知道這個事實，我的頭腦就在那個瞬間變得一片空白。

那時我想要墮落的心情反而變得強烈，越發討厭學校。我想辦法重振精神，想法變成下面這樣：

「我要加入最輕鬆、能早早回家的社團。」

運動社團之類的以外，文化社團也是，會有類似大會那樣的活動所以不行。具有只憑著年級高，就不能違背學長姐這種氛圍的社團也不可能。以消去法選擇的社團活動，就是技術社團。

＊

「我國中時加入技術社團，還成為社長。」

聊回憶講到以前社團活動的經歷，當我一這樣說，大概都會得到「蛤，技術社團是什麼？」這樣的回應。不管哪個學校都不會有吧。

「相當於音樂課的，就是吹奏社團和合唱團；相當於國語課的，就是文藝社團和演劇社團；相當於理科課的，就是生物社團；相當於技術家庭科（家政）部分的，就是烹調社團和手工藝社團，剩下的（技術）部分就是技術社團。」

這個說明只要是跟我同世代、有去上學的人，大致上都能明白。總而言之，就是操作木工、電子工作、程式設計的社團活動。

雖說如此，社團活動幾乎沒有任何特別預算。木工和電子工作都是不能買材料就沒辦法操作的。而且，也沒有大會或發表會，沒有任何目的性，就只是待在工作教室，晃來晃去等時間過去。真的是非常浪費時間。要是一下課就能回家的話，我還可以看時代劇、玩電玩、看看電影呢！

總之，進入教室就先打開教室裡的PC88、PC98這種舊款電腦的電源，讀取八英吋的磁碟片。各個社員盡量各自湊軟體來玩，或者就是練習寫像是俄羅斯方塊一樣簡單的程式設計。但就僅止於此，九〇年代當時，個人電腦太貴了，不可能擁有。老師也沒有指導程式設計的能力，甚至連電腦到底可以做什麼，都沒人告訴我們。結果我們都沒能成為駭客。

玩著不有趣、神經衰弱的遊戲，每天晃來晃去的社員們，我想反正都已經變成電玩社團了，那是不是搬來家用電腦比較好？但這個提案卻遭到顧問老師駁回，「因為會被其他學生羨慕」。那就讓我早點回家，「那無法當作其他學生的好榜樣」。什麼嘛，這種形式主義。但是又不能恐嚇，也打不破窗戶玻璃。我吵架恐怕是在學校最弱的。

正面要求行不通，那就只能背地裡耍手段。這也是我在遊戲中學到的智慧。

「我每天都要補習，請讓我早退。」

我運用我家的事，因為這是學校無法出手的神聖禁區。這不是叛逆，而是形式主義的折衷法。對於這一點，就算是學長姐或顧問也不能說不。瞬間奪取了承諾，「唉呀，如果是這樣也沒辦法」。在沒辦法的空間內，我獲得沒辦法的根據「回家權」。如此一來，我就再度確保玩遊戲的時間。

*

進入國中二年級，因為人才不足，我成為技術社的社長。也有學弟妹加入了。在那裡到底要做什麼呢？回家之前毫無重點的時間裡，難道不能讓它變得稍微好玩一點嗎？

我和顧問老師商量後，獲得新的任務，那就是改善學校環境。

因為是為了學校活動，可以透過顧問得到木材等的提供，就能做出留言板和長凳。要是有壞掉的桌子或時鐘，也能拿來修理。爸爸讓給我用來訓練DIY的工具箱，也在這裡第一次對人生做出貢獻。鋸子、刨刀、鎚子、砂紙、電焊槍，使用這些工具，到放學為止的時間內，入手的課題都完成了。報酬就是打發時間。

一旦設置留言板和長凳，學生們的動態也有了改變。以往只被當作移動時會經過的走廊，變成了以長凳為中心人潮聚集的地方。某個社團進行社團活動時，坐在長凳上的是學長姐，沒得坐的就是學弟妹，被拿來作為上下關係的象徵。

因為留言板設置在各樓層，學生委員會和各班級可以任意發出公告。人的流動會隨物體產生變化的樣子，就像是「模擬城市」之類的模擬遊戲電玩一樣，變得有點有趣。

利用既有的東西做出什麼。目的靠自己探尋。強制參加社團活動可以從中得到的人生收穫，就只是一點怨氣，但我學到要是將之遊戲化，無聊的生活也會變得還蠻好玩的。人生全部都是教材，遊戲是，YouTube也是。

順帶一提，「遵守截止日期」這件事還無法遊戲化。要是有只要遵守了就能得到褒獎的APP，我應該就會改變吧。

成功法則
指導講座
人類分成兩種，
成功的人和不成功的人。
1.

會成功的人一定擁有
「不管從怎樣的事情當中，
都能得到學習的能力」。
2.

「重要的不是
身處在怎樣的環境」，
而是「可以從那裡學到什麼」。
3.

接下來要請大家看這段影片，
猛一看或許會覺得是
與「成功」無關的內容。
4.
看了這個如果感覺
「無聊」「浪費時間」的人，
我可以斷言他未來這一生
都與成功無緣了吧。
5.
靠自己的力量找出學問，
無論有沒有敏感度，
請一定看到最後。
如上所述現在開始播放
「我孫子的運動會」！
嗶
差不多兩小時吧。
7.

去除生存的痛苦

染坊老闆穿素衣。醫者不養生。木工住小屋。算數老師沒家產。梳頭店老闆披頭散髮。算卦者不知自身禍福。抬轎人不坐轎。鐵匠的竹火筷。醫師早死出家人墜地獄——。

雖然有能力，但都不是用在自己身上，或是還沒使用到。具有這樣意思的諺語，語感上稍有不同，但要多少有多少。

就算大腦清楚，也未必能照那樣做。即使可以為了別人去做的事，也未必能為自己付出勞力。這樣的煩惱，對很多人來說是「確有其事」的吧。

我也是如此。我非常不善於激勵自己，也被各式各樣的障礙束縛。雖然我是聲援別人，肯定人有自由生活權利的評論家，但也常常察覺到我讓自己不自由。

要去除生存的痛苦，要質疑現代社會的規範。即使能夠向外發報，要內化改變自己的價值觀卻是相當困難的。

＊

在成長發展上有著崎嶇個性的兒子和女兒，他們所有的行為都非常可愛，也令我感到驕傲。無論是兒子或女兒，擅長的、不擅長的事也各有差異。在這樣個別的狀況下，我在他們入學時就已經知道，他們無法融入學校的齊頭式教育。

高年級生說「恭喜大家入學（恭喜！）」，大家附和。這個團體體操。要求集體行動的謎樣空間，從以前就沒變過的這種氛圍，他們兩個可以做到嗎？不對，就算可以做到，那是為什麼而做？我受到自己的學校後遺症刺激了。

果然如我所料。開始上學幾周後，兩個人都開始哭訴上學很痛苦。他們雖然在以從旁協助和誘導為基礎的幼稚園過得很快樂，但交雜著指令和斥責的小學，好像就只有感受到痛苦。習慣的話或許就會改變，我這樣想，一個學期我都到學校陪伴，但各種努力都看不到效果。

兒子去國外旅遊時說：「我不想回日本，因為有學校。」；女兒從學校回家後告訴我說：「我被強迫做各種事，每天都很累。」

「了解了，那不要去學校也可以呦。」

這麼說的時候，兩個孩子先是都有些驚訝，然後非常放心。讓他們感覺「有些驚訝」我覺得很抱歉，他們一定深信不可能如自己所願，一學期的上學讓他們飽嚐這種感覺吧。

比起勉強去學校，還有更重要的事。世界很有趣，我希望他們能思考自己活著的價值。首先，我和孩子們光是每天早上討論今天要不要去學校，就感覺浪費掉時間。與其這樣，還不如去看一部動漫比較好。

監護人有讓孩子接受教育的義務，但那並不是要逼他們持續去不能融入的學校上學的義務。儘管如此，學校以外的自由選項也太過貧乏。總之，我決定先一邊自己教他們唸書，一邊增加一起出門的機會，帶著保母或家庭教師，守護他們日常的生活。

當然，這跟肯定他們不去上學，以及肯定接受這種狀況的自己，是完全兩回事。這是好的嗎？這件事沒有正確答案，我也不認為自己做出最好的選擇。身為監護人到底該要怎麼做？這個自問不會有結束的一天。「別人會怎麼看我呢」這樣的糾葛，也未必會消失。

*

生平故事該要怎麼樣訴說？如何去認知過去、評價現在、展望未來？當這個形象崩潰時，人就瀕臨危機。現在的自己和這世上的「應該論調」相提並論時，會很容易陷入否定的輪迴。

這時候該要做的，就是「重新審視」自己的生平故事。自己是怎樣的人？為了要重新敘述自己，就必須思考新的語彙，然而，自己一個人「重新審視訴說」自己是很困難的。這個過程非常需要能量。

當有必要「重新審視訴說」時，透過和誰或和什麼東西連結，會改變之後的前進方式。有會自曝其短的局外人們，也有依賴著什麼繼續活下來的人。這也是在「重新審視訴說」完成之前，拼命生存下來的高貴行為。

各式各樣成癮或倖存者的當事人會或親友會不只共享具體的知識，也是「彼此支持重新審視訴說」。這是多麼重要的事，要親身體會。

歷經憂鬱症、分居、離婚，當我自己的生平故事崩壞，喪失對社會的歸屬意識和失去自己容身之處的感覺，並慢慢削弱自己生命力的時候，幫助我重新站起來的，是過去我保持距離的「人際關係」。

始終如一一直陪伴我的人，抓著衣領猛然縮短距離呼喊我的人，之前未曾聽聞我們各自的生平故事。

雙親離婚、與父母很早就死別、在兒童照護機構長大、與同性婚伴侶結婚、與伴侶分居、離婚、沒結婚一個人獨立養小孩、罹患依存症、沒去上學、與在國外生活的父母幾乎沒見面了、曾經無家可歸在街頭流浪。

身邊人們的人生，也是如此各有不同，再加上我感受到那些人的魅力。藉由和人們接觸，我慢慢可以「重新審視訴說」了。

現在對孩子們來說，有「爸爸的家」和「媽媽的家」。兩個孩子要去哪裡都可以自由選擇。不管進入哪一個家，我們都會對他們說「歡迎回家」。在這兩個家，他們一樣可以吃飯、玩耍、學習、睡覺。

「我想要你們比我更了解這個廣大的世界，成為比我更會笑的大人。」

某個晚上，在「爸爸的家」準備就寢時，我對孩子們這麼說，兩個孩子強烈的否定。

「咦，爸爸你不是很會笑嗎？」、「爸爸的笑臉很棒啊。」

是這樣啊，謝謝你們。那就是我這張臉啊。這麼說，下定決心把臉皺成包子臉給他們看，現在開始要進行做鬼臉大賽囉，那一天關燈的時間，比起平常晚了許多。

或許不是典型的經歷，但我開始過嶄新的生活已經好一陣子了。我已經習慣因為兩個孩子要來，要打掃和準備料理。在這期間經歷的許多插曲，我會寫成我的生平故事。

每年進入耶誕節，耶誕老人就會來到孩子們所在之處，就像美國電影出現的情節般，會有很多禮物堆放著。這是我曾經想要有的經驗，但卻沒能實現。

事前我先向孩子們問出他們想要的禮物，三個人一起LINE給耶誕老人，我會用郵件確認「出貨完畢」，二十四日禮物會送到「媽媽的家」。隔天我一去「媽媽的家」，孩子們就告訴我：「今年耶誕老人也有來呦！」對收到禮物得意洋洋。太好了呀，今年耶誕老人也因為太忙了，沒讓你們看到他的身影呢。

兒子卻說：「但是呢」，「我沒拜託他的一個玩具他也放進來了，耶誕老人真的是冒失鬼呢」。是啊，耶誕老人也會弄錯東西呦，但這說不定是耶誕老人故意多送的喔。

女兒問說：「爸爸啊，耶誕老人就是爸爸嗎？」「欸，為什麼妳會這麼想？爸爸的工作不是耶誕老人啊。」我這樣回答。女兒滿意的點頭說：「是這樣啊，那下次我也要爸爸送我的禮物。」啊，原來是這樣，爸爸也得送妳些什麼呢。儘管如此，我的女兒啊，妳真是天生的智囊。

＊

兩個孩子或許還記得父母哭泣的那段日子吧。當孩子們的父母說起「那我們就不要再當夫妻了，但未來身為爸爸和媽媽這件事依然不會改變喔」這段話的那一天，又是怎麼樣呢？或許是段討厭的回憶，但我希望能增加更多他們快樂的回憶。

「爸爸，你以前有救過掉到河裡溺水的貓咪對吧。你好像英雄喔。」兒子對小時候的事記得非常清楚，請一定要一直記得，偶爾誇獎我一下。不過，因為很危險，要是有人受困，我要你記住也有一種方式是「去尋找可以幫忙的人」。

這個是爸爸的朋友給我的點心。這是爸爸的朋友給我的玩具。因為工作得到的東西，我都會送給孩子們。女兒為此會很開心的說：「好厲害喔，爸爸這樣好像金錢先生耶。」OK，妳已經傳達出妳的感覺我很開心。不過，要是以後要對人說這個台詞，還是小心一點比較好吧。

生活中，孩子們會按照自己的步調成長，這一點我很清楚。或許不去學校上課會被認為是「不在標準內」，但我希望你們可以不被世人阻擋，延伸出享受世界的能力。這世間不會守護你。這世間的意見，你也沒有必要去遵守。

無論被別人認為多麼「不在標準內」，我希望你們都不要被那樣迂腐的言論否定自己的生活。務請不要咒罵。我希望你們能自己看清這個規格、規範到底有多重要。

爸爸的想法是，對生活方式「不在標準內」這件事要有自覺，未來或許有人會拿這件事來為你們進行負面評價。一想到這件事就讓人覺得非常害怕。但如果那一天真的到來，再不慌不忙地「重新審視訴說」。所以，希望你們不要顧慮爸爸媽媽，用喜歡的方式活下去。

*

我今年雖然已經三十六歲，但我覺得四十不惑是謊言。再四年就沒有疑惑根本是不可能的。人永遠都會不斷改變，每次改變就需要「重新審視訴說」吧。深信自己沒有疑惑的人才可怕。

對於身為爸爸這件事，我也一直在疑惑要教你們什麼？要傳達什麼給你們才好？為了要打造更好的環境，我應該怎麼做比較好？像這樣的困惑，或許是義務，也或許是權利。

如此說來，我在高中時曾有段時期《論語》不離手。我一直有把握世上有所謂「應該要這麼活著」的人生指南，我覺得自己可以按照指南內容活著，比起其他人更為注意。那是段這種自我意識很強的時期。

雖然我此刻的生活方式和那時想像的截然不同，但現在可豐富多了。或許當時的自己無法理解，但現在在高喊「應該這樣活著」的聲音，下次又會被反攻的。

不管什麼事都不要強加那樣的想法。不要明明什麼都不知道，卻亂說謊；不要明明什麼都沒有要做，卻穿著鞋胡亂踩踏；不要什麼都不懷疑，只從自己的角度評估。這麼做才是活著，有什麼不對。

去除生存的痛苦

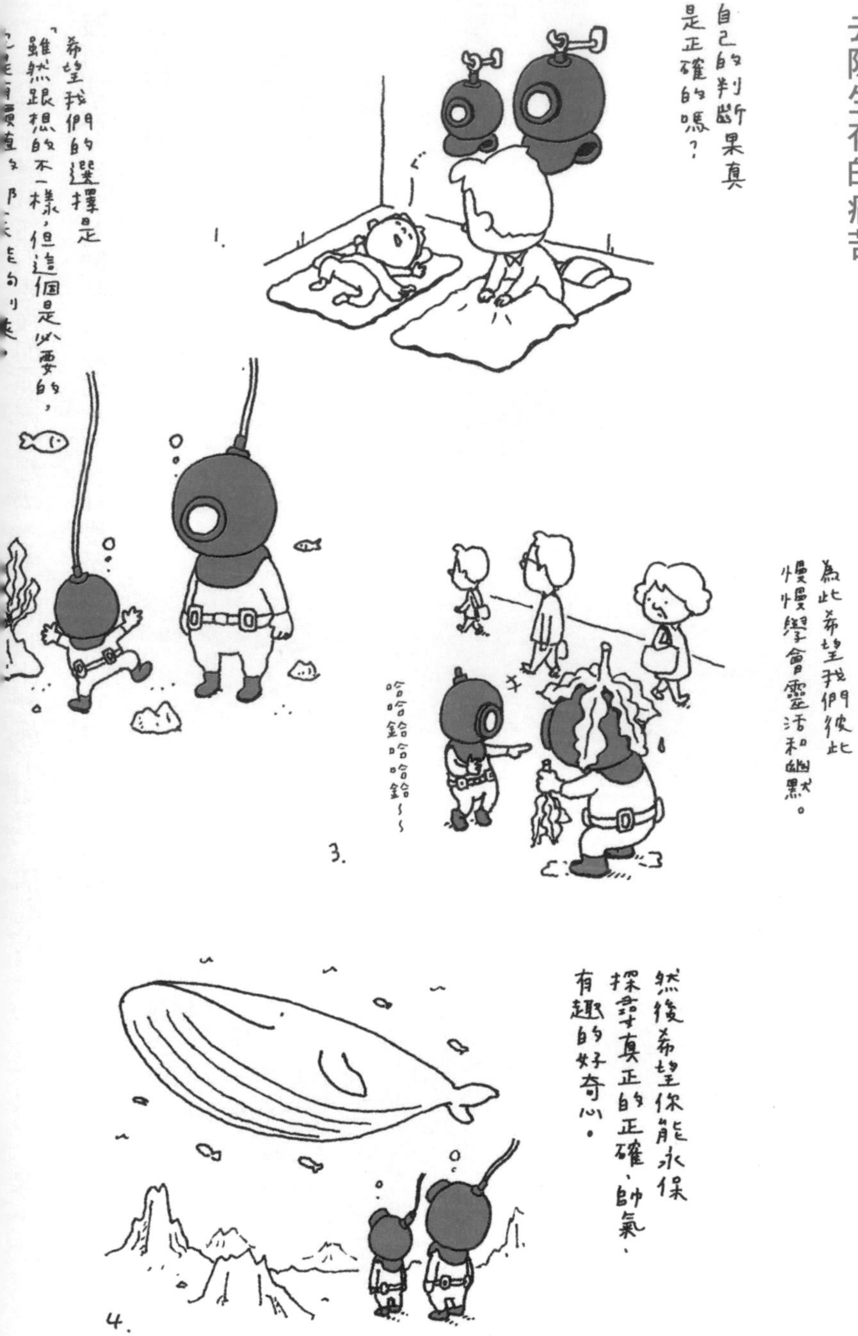
自己的判斷果真
是正確的嗎？
1.
希望我們的選擇是
「雖然跟想的不一樣，但這個是必要的，
為此希望我們彼此
慢慢學會靈活和幽默。
哈哈鉿哈哈鉿~~
3.
然後希望你能永保
探尋真正的正確、帥氣、
有趣的好奇心。
4.

為了找到幸福，
不用和大家走一樣的道路。

5.

就算你尋覓的東西
和大家想要的幸福
不一樣也無所謂。

6.

希望有一天你會成為
獨當一面的幸福獵人。
你看
你看！
好怪的石頭!!

7.

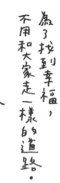

後記
吉竹伸介
1.
不管是誰，只要是人就會戴著某種「有色眼鏡」過著每一天。
2.
您覺得怎麼樣呢？
哇～～完全不同!!
只要自己的「目光」被人往好的方向矯正，世界看起來應該就會變得更「美麗」。
3.
大家或許都在尋找哪裡有像那樣可以幫人製作「適合自己的眼鏡」、的理想眼鏡行。
4.
但是在這個遼闊的世界上，還有人不知道「眼鏡是可以替換的」。
你戴著好奇怪的眼鏡欸!
有很多人甚至連「自己戴著眼鏡」這件事都不知道。

5.
而眼鏡，就因為是眼鏡，
所以有「合不合」
的問題。
看得太清楚
會疲倦……
啊～，這樣
差不多剛剛好
6.
而且，我覺得
在某些議題上，
是否是「當事人」
所被戴上的眼鏡，
自然而然會有所不同。
……已經回不去了
7.
「正因為我們不是當事人」
所以才能提出更多提案，
做好更多事。
我做了
拯救組合。
我想到了
「拯救君」！
但是就跟只有
當事人才了解的事，
才能做到的事一樣，
8.
重要的是，
在種種經驗中找到
只有自己的眼鏡才有的
特殊技能與角色。

9.
面對彙整了「在前線
涉及到形形色色的
當事人所看見的東西」
的Chiki先生的稿子，
嗯~~~
「什麼都不了解的
我要畫什麼
插圖才好」。
我每次都很迷惘。
10.
但用我這樣
「什麼都不知道的人、
不是當事人的人」的觀點，
要是能對於那個問題
提出「其他解決方案」，
我想那豈不是
正在說明！
11.
有各式各樣的眼鏡，
自己的眼鏡
某個程度可以
由自己選擇。
12.
說到這個，
最近我老花得厲害，
老花度數好像已經
需要戴眼鏡了。
焦距呢……
「尋找真實眼鏡」的旅程
馬上就要開始了。
結束

未來眼鏡：換個視角看見新世界

みらいめがね：それでは息がつまるので

著者　荻上Chiki

繪者　吉竹伸介

譯者　崔立潔

總編輯　周易正

責任編輯　蔡鈺淩

執行編輯　廖芷瑩

封面設計　大島依提亞

內頁排版　林昕怡

手寫設計　張家寧

行銷企劃　毛志翔、陳姿華

印刷　釉川印刷

總經銷　大和書報圖書股份有限公司

電話　+886-2-8990-2588

出版者　行人文化實驗室

發行人　廖美立

地址　10074台北市中正區南昌路一段四十九號二樓

電話　+886-2-3765-2655

傳真　+886-2-3765-2660

網址　http://flaneur.tw

定價　二八〇元

ISBN　978-986-98592-7-1

二〇二〇年八月初版一刷

未來眼鏡：換個視角看見新世界 / 荻上 Chiki 著；吉竹伸介繪；崔立潔譯 . -- 初版 . -- 臺北市：行人文化實驗室 , 2020.08

176 面 ; 14.8 x 21 公分

譯自：みらいめがね：それでは息がつまるので

ISBN 978-986-98592-7-1(平裝)

861.6　　109009687